KB273492

아들에게 보내는 갈채

아들에게 보내는 갈채

초판 인쇄 2012년 2월 1일
초판 발행 2012년 2월 6일

지은이 강량원 · 강수돌 · 김영미 · 남난희 · 박경태
　　　　방현석 · 서정홍 · 최영우 · 최익현 · 허병두
발행인 권경미
발행처 도서출판 책숲
등록번호 2011년 5월 30일 제2011-000083호
전화 070-8702-3368
팩스 02-318-1125

ⓒ 강량원 · 강수돌 · 김영미 · 남난희 · 박경태
　　방현석 · 서정홍 · 최영우 · 최익현 · 허병두, 2012

ISBN 978-89-9680-870-1　　03810

＊잘못 만들어진 책은 바꾸어 드립니다.

이 도서의 국립중앙도서관 출판시도서목록(CIP)은 e-CIP 홈페이지
(http://www.nl.go.kr/cip.php)에서 이용하실 수 있습니다.
(CIP제어번호 : CIP2012000203)

아들에게 보내는 갈채

강량원 · 강수돌 · 김영미 · 남난희 · 박경태
방현석 · 서정홍 · 최영우 · 최익현 · 허병두

책숲

책을 펴내며

1.

'책숲'의 첫 번째 책을 냅니다. 첫 번째 책인 만큼 각별한 의미를 담았습니다. 우리가 앞으로 어떤 책을 내게 될 것인지, 우리가 내는 책이 어떤 역할을 했으면 하는지.

그것은 '책숲'이라는 이름에 어울리는 책을 내려는 의지이기도 합니다.

신영복 선생님은 『여럿이 함께 숲으로 가는 길』이라는 책에서 '나무의 최고의 완성은 홀로 아름다운 나무가 아니라 숲'이라고 했습니다. 나무를 책으로 비유해도 뜻이 통하지 않을까요?

"책의 최고의 완성은 홀로 아름다운 책이 아니라 책숲이다."

한 권의 책으로 멈추지 않고 다른 책의 길을 열어 주고 다른 책들과 함께 숲을 이루는 책. '책숲'은 그런 책을 내려고 합니다.

2.

열 분의 선생님들께서 기꺼이 『아들에게 보내는 갈채』의 저자로 참여해 주셨습니다. (『딸에게 보내는 갈채』가 뒤따라 출판될 예정입니다.) 이 책은 어버이와 아들로 첫 상봉을 한 감회와, 함께 살아가면서 겪었던 소소한 감정들, 마음속에 숨겨 둔 가장 사소하면서도 더없이 귀중한 가족사들, 한 인간으로서 다른 인간에게 들려주는 인생의 비밀이 담겨져 있습니다.

별은 혼자 빛나지 않는다. 우리는 결코, 혼자 먼 길을 가지 않는다. 혼자 가야 하는 것처럼 보이지만, 네 등 뒤에 파도처럼 거센 응원의 미소가 있음을 기억해야 한다. 그리고 그 미소를 네 미래의 아이들에게 다시 보내야 한다.

위태로운 벼랑에 서 있는 사람에게 산양처럼 담대한 용기를 주는 것은 강한 꾸지람이나 가르침이 아닙니다. 나지막하게 전하는 칭찬과 격려, 자기 자신에 대한 존중감! 『아들에게 보내는 갈채』는 그런 책이 되려고 합니다.

3.

박완서 작가는 수필집 『꼴찌에게 보내는 갈채』에서 등수에 들지 못한, 그러나 끝까지 완주하는 마라토너에게 갈채를 보냅니다. 누구와도 비교하지 않고 온전히 그 사람의 삶에 보내는 갈채. 어버이들이 보내는 갈채는 그런 갈채입니다. 다른 사람과 비교해서 잘났거나 잘난 면을 부각시켜 칭찬하려는 게 아닌, 이 세상에서 유일한 인생을 살아가는 어버이가 유일한 인생을 살아가는 아들에게 보내는 특별한 갈채!

그런 갈채가 벼랑을 거슬러 올라갈 용기를 줍니다.

책숲

차례

꽃이 아름답게 피었습니다

강량원

강량원 _ 대학 2학년 때 연극반 선배들이 만든 거리연극을 보고 충격을 받았다. 배우들은 손을 내밀면 닿을 만큼 가까운 거리에서 연기를 하는데 상상 속에 있는 듯이 멀게도 느껴진 것이다. 삶의 겉과 속을 동시에 경험했다고 할까? 그것이 계기가 되어 연극반 활동을 시작했고 동국대학교 대학원 연극과에 진학했다. 서른한 살에 러시아 모스크바에 있는 쉬킨연극대학 연출과 학부과정에 입학했다. 러시아 연극 교육은 매우 과학적이고 체계적이었다. 그러나 거기에서 그치지 않고 예술가에서 예술가로 이어지는 도제식 전승으로 예술이 단순한 기술이 아닌 삶을 바라보는 직관과 통찰이라는 진리를 가르쳐 주었다. 러시아에서 함께 공부한 배우들과 극단 '동'을 만들어 서른일곱 살에 연출가로 데뷔했다. 극단 동의 '동'은 '움직일 動'으로, 연극을 배우의 행동으로 만들겠다는 생각을 담고 있다. 2007년부터 '월요연기연구실'을 열어 그 생각에 바탕이 되는 이론과 실천적인 지침을 제공하고 나아가 워크숍으로 관객과 공유해 나가고 있다. 라신의 「페드라」, 장 주네의 「하녀들」, 베케트의 「크랩의 마지막 테이프」, 고골리의 「비밀경찰」, 함세덕의 「바다제비」, 체홉의 「세 자매」 등의 희곡을 연출했고 고골리의 「외투」, 도스토옙스키의 「죄와 벌」, 그림형제의 「염소소사」, 크로츠의 「아이를 가지다」, 카프카의 「변신」, 윌리엄 포크너의 「내가 죽어 누워 있을 때」, 에밀 졸라의 「테레즈 라캥」 같은 소설을 각색 연출했다. 또 「샘플 054 씨 외 3인」과 「상주국수집」 등의 희곡을 쓰고 연출했다. 스타니슬랍스키의 「나의 예술인생」을 번역했고 『23인의 연기 이야기』와 『2011 서울연극제희곡집』 공저자로 참여했고 『위인들의 책상』을 썼다. 2011 서울아트마켓 팜초이스, 2010 연극베스트 3, 2010 공연베스트 7, 2009 서울아트마켓 팜초이스, 2009 동아연극상 새개념연극상, 2008 PAF 연출상, 2008 대한민국연극대상 무대예술상 등을 수상했다.

꽃이 아름답게 피었습니다

아들아, 너를 처음 만나던 순간 난 황홀했다. 살아가면서 우리는 얼마나 많은 황홀을 경험하는가? 눈부시게 아름다운 풍경과 마주칠 때, 머리끝에서 발끝까지 푹 빠져들 만큼 신이 나는 일을 발견할 때, 첫사랑에 빠질 때…. 그 모든 황홀을 다 모아 놓아도 너를 만나던 그날의 그 황홀에 견줄 수는 없다. 그래, 황홀! 그날 나는 처음으로 생명에 대해 깊이 생각했고 겸손한 마음을 가졌다. 생명에 대한 겸손함이라, 하하. 불쑥 말을 꺼내 놓긴 했지만 너무 거창한 말이라 어디에서부터 시작해야 할지…. 그러나 우리 인생에서 모든 중요한 것들은 뿌리처럼 서로 촘촘하게 연결되어 있으니까 어디에서부터 시작해도 닿게 되지 않을까. 그러니 그냥 '생명'이라는 단어에서부터 시작해도 되겠다. 나는 생명이라는 말을 너를 만나고 나서야 분명하게 이해하게 되었다.

2월 끝자락의 아주 추운 날, 엄마는 분만실로 들어가고 나는 병원 복도에 서서 네가 세상에 나오기만을 기다리고 있었다. 하루를 지나 다음 날 새벽까지 너는 가엾은 엄마를 생사의 지경으로 끌어들인 다음에야 태어났다. 놀라운 일은 그때 일어났다. 그날 분만실에는 꽤 많은 산모들이 있었고 몇 분 간격으로 아이들이 첫울음으로 자신의 탄생을 세상에 알리고 있었다.

그런데 그 많은 울음소리를 뚫고 새벽 종소리처럼 맑은 목소리 하나가 내 가슴에 파고들었다. 아직도 청각에 고스란히 남아 있는 그 목소리, 바로 네 목소리였다! 나는 처음으로 생명이 이성이 아닌 다른 영역, 이를테면 생각을 거치지 않고도 알 수 있는 어떤 감각, 어떤 영혼의 영역에 속해 있다고 느꼈다. 아니면 어떻게 처음 듣는 그 울음소리가 내 아들의 울음소리라는 것을 알았을까?

나는 눈시울이 뜨거워져 병실 복도에 있는 창문 쪽으로 고개

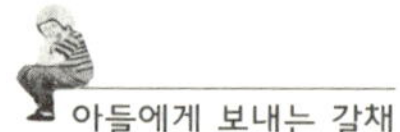

를 돌렸다. 밤하늘에서는 별 무더기가 쏟아질 듯 반짝거리고 있었다. 불교에서는 부모와 자식이 만겁의 공덕을 쌓아야 만날 수 있다고 한다. 이 세상이 시작되고 다시 허물어져 영원히 사라지기를 만 번 동안이나 되풀이한 다음에야 비로소 만날 수 있다는 뜻이다. 너무 캄캄해서 아득하기까지 한 밤하늘에서 어느 날 두 행성이 만나 서로 끌어당겨 공전하듯 우리가 드디어 만나 우리의 역사를 시작한 것이다. 그러니 어찌 황홀하지 않을 수 있겠니? 그날 내 가슴에 박힌 네 첫울음 소리는 지금까지도 생생해서 네가 울기라도 할라치면 나부터 먼저 눈시울이 뜨거워진다.

나는 너를 만나 비로소 생명이란 다른 생명에게 공감하는 것이라는 사실을 깨달았다. 그러나 그것은 단지 시작일 뿐 시간마다 계절마다 해마다 일일이 다 헤아릴 수 없을 만큼 많은 지혜와 감동을 너에게서 얻었다면 과장이라고 놀릴지도 모르겠다. 그러나 분명한 건 세상이 달리 보이기 시작했다는 것이다. 그전에 보았던 나무와 길, 하늘인데도 나에게는 처음 보는 눈부신 풍경이었다. 무엇보다 나는 너를 사랑하면서 '사랑'이라는 말의 깊이를 헤아릴 수 있었다.

믿을 수 없을지 모르지만 처음부터 너를 사무치게 사랑했다. 그러나 그 정도에 만족할 수 없었다. 용광로에 주물을 부어서 만든 신발을 신고 춤을 추는 사람처럼 뜨겁게 솟아나는 애정을 주체할 수 없기를 원했고, 펄쩍펄쩍 뛰어다니면서 기쁨을 표현하기를 바랐다. 나는 너를 위해 기꺼이 목숨을 내놓을 수 있는지 시험하고 싶었다. 그래서였을까, 그 어처구니없는 일이 일어난 것은?

네가 몇 살이었던가, 나는 네 손을 잡고 비탈길을 오르고 있었다. 태양이 점점 몸을 낮추었고 우린 어두워지기 전에 집에 도착할 생각으로 서둘렀다. 그때 자동차가 우리 옆을 비끼다가 채 녹지 않은 눈길에 조금 미끄러졌다. 나는 순간적으로 내 몸을 틀어 자동차로부터 멀리 달아났다. 아뿔싸! 그 바람에 오히려 넌 자동차 쪽으로 기울어졌다. 자동차는 아슬아슬하게 지나쳐 사라졌고, 나는 기우뚱했던 네 몸의 중심을 잡아 준 다음 아무 일도 일어나지 않았다는 듯 무심하게 걸었다. 그러나 마음속으로 절망했다. 내 이성과 의지는 너를 향해 있었지만 본능은 너를 버리고 나를 구했다!

그땐 그렇게 생각할 만큼 심각했다. 그리고 연습하기 시작했다. 네가 넘어지거나 미끄러지거나 생각하기조차 두려운 어떤 상황에 처한다. 나는 비호같이 빠르게 몸을 던져 그 상황으로부터 널 구한다. 처음에는 마음속으로 시뮬레이션을 했고 마음이 충분히 세뇌당했다고 판단되었을 때 이제 몸의 본능을 이겨 내는 연습을 했다. 비탈이든 구릉이든 그곳이 어디든지 그저 넘어졌고 아무것도 잡지 않은 채로 굴러떨어졌다. 기억나는지 모르겠다. 그해 겨울이 끝나기도 전에 나는 너를 데리고 눈썰매장을 갔다. 강가로 아무렇게나 이어진, 그래서 더 가파르고 위험하기까지 했던 눈썰매장. 나는 몇 번이나 시도했고 행복했다. 이젠 날 버리고 너를 구할 수 있겠다!

"차라리 내가 대신 아팠으면!"

할아버지, 할머니가 투병 생활을 하는 고모를 보면서 무심코 중얼거리신다. 너를 만나기 전에는 그 마음이 그저 마음인 줄로만 알았다. 그러나 그것은 몸이 원하는 것이라는 사실을 이제 알겠다. 수많은 세월 동안 물고 빨고 핥으면서 이미 내 몸과 바꿔 버린, 그래서 더 내 몸 같은 자식이 아플 때 부모도 몸이 아픈 것이다.

갑자기 떠오른다. 아직 네가 일곱 살이 되기 전 우리는 소풍을 가기로 했다. 무얼 빠뜨렸던가, 나는 다시 집으로 들어갔고 서둘러 문을 닫았다. 그때 내 손끝에 전해지는 어떤 여린 것의 균열! 나를 뒤따라온 네 손이 문틈에 끼였던 것이다. 그때의 그 느낌이 얼마나 생생한지 지금도 나뭇가지라도 부러트릴라치면 마치 내 손가락이 부러지는 듯 저려 온다. 엄살 좀 그만 부리라는 말은 잠깐만 유보해 두어라. 네가 네 아이의 손가락을 문틈에 넣은 채 문을 닫기 전까지.

나는 너를 만나고 처음으로 내 자신을 버리는 연습을 했다. 자신을 버리고 상대를 구하고 싶은 마음, 아니 오히려 상대를 구하기 위해서 자신을 버릴 기회를 엿보고 더 나아가 조작하기도 하는 것, 그것이 바로 사랑이라는 것을 깨닫게 된 것이다.

어느 날 나는 정기적으로 가족회의를 열 것을 주장했다. 가족회의가 아니라도 우린 늘 식탁에 앉아 무언가를 먹으면서 이야기를 나누었다. 그래서 집 중앙에는 언제나 식탁이 놓여 있다. 그것도 모자라 한 달에 한 번씩 정기적으로 가족회의를 하

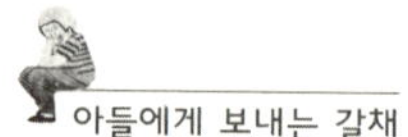

기로 합의했다. 좀 더 특별한 모임을 만들기 위해 모임 장소를 밖으로 정하고 한 사람씩 돌아가면서 하루치 프로그램을 짰다. 모임 준비를 진행하기 위해 컴퓨터 사이트에 가족 카페도 만들었다. 그러나 신선한 프로그램을 개발하기에는 너무 자주 열렸고 너무 길었다. 오히려 효과는 그다음 날 나타났다. 지겨운 가족회의 시간에서 벗어난 우리들은 거리낌 없이 떠들면서 가족회의 때보다 더 친근하고 솔직한 얘기를 나누었던 것이다.

가족회의 시간에 나는 자주 물었다. 어떤 일을 하고 싶으냐. 너는 나중에 대답하겠노라고 내 입을 봉합했다. 나는 다시 물었다. 물론 확정된 대답보다는 관심을 갖고 있다는 정도의 대답을 원했을 것이다. 그러나 또다시 되돌아온 대답은 "나중에" 였다. 나는 불같이 화를 냈다. 지금부터 계획을 세우고 준비를 해도 모자랄 텐데 어떻게 그렇게 태평하게 구는지 답답했던 것 같다.

"정글 같은 이 세상에 나가려면 사자든 원숭이든 자신의 무기를 만들어서 들어가야 하지 않겠냐?"

순간 정적이 감돌았다. 나는 뭔가 잘못 되었다는 걸 깨달았다. 흥분이 가라앉았을 때 나는 내가 한 말에 경악했다. 세상에!

내가 세상을 정글로 비유했다! 우리들의 인생을 싸움터로 만든 것도 모자라 내 아들에게 무기를 지워 그곳으로 내쫓은 것이다.

공든 탑은 늘 그렇게 무너진다. 네가 총이라도 가지고 놀라치면 얼마나 질색을 했느냐? 총이나 칼이 나오는 게임은 아예 시작하지도 못하게 했다. 그런 내가 정작 결정적인 순간에 모순된 태도와 말을 저질러 버리는 것이다!

"아빠, 미안!"

너는 사과했다. 그런 경우에 늘 그렇듯이 난처한 상황으로부터 날 구해 내려고 넌 스스로를 낮추었다.

"뭐가 미안해?"

네가 봐주지 않았으면 한없는 나락으로 떨어졌을 나는 네가 마련해 준 월계관을 쓰고 뻔뻔하게 물었다.

"내 미래를 내가 게으르게 천천히 생각한 것."

비로소 나는 완전히 패배했다. (사실 이런 경우를 승리와 패배로 표현하는 우리 세대가 가진 한계. "파이팅!" "건투를 빈다!"라는 표현이라니, 쯧쯧.) 너는 늘 그랬다. 잘못하지 않아도 먼저 손을 내밀었고 모욕적인 내 말을 고스란히 참았다. 나는 혼자 남게 되면

부끄러웠다. 다음 날 나는 빚진 마음으로 너에게 다가가 무거운 두 팔을 내민다. 세상에! 너는 아무 스스럼없이 나를 안아 준다. 네 눈을 보면 이미 모든 것을 잊고 모든 잘못을 용서하고 있다! 어린이는 어른의 아버지라고 했던가. 나는 우리들의 본성을 자각한다. 모든 생명이 본래부터 가지고 있는 다른 생명에 대한 관용, 평화를 이루려는 마음. 너는 나를 사랑을 넘어 평화와 관용의 세계로 이끈 것이다.

아마 나는 네가 강건하기를 바랐을 것이다. 그래서 부드러운 말투를 지신 없는 태도라고 여기고 먼저 사과하는 너한테 까닭 없이 화를 내었을 것이다. 보란 듯이 싸워서 이겨 보지 못한 나의 자의식을 너에게 투영하면서 잘나게 멋지게 싸우기를 바랐을 것이다. 그런데 너는 이미 그것을 넘어선 것이다! 생각해 보면 네 안에 있는 평화를 바라는 마음이 너를 인도한 건 아닐까? 민주주의를 바란다는 것은 평화롭고 조화로운 삶을 영위하고자 하는 것이니까. 그러한 가치를 열망했고 지금도 얼마나 온 마음을 다해 소망하고 있는가. 그러나 습관이란 무서운 것이어서 내가 겪은 억압과 폭력적인 말들이 부지불식 내 것인 양 나를 사로잡고 한순간 흔드는 것이다.

"미래를 앞에 두고 게으르게 천천히 생각한다."

나는 너의 행동이 세계를 너의 것으로 만들려는 욕망이 아니라 그 세계 앞에 너를 개방하는 자세라는 걸 깨닫는다.

막 러시아 유학 생활을 시작했을 때 이미 망한 나라의 회색빛 거리를 떠도는, 가난과 추위로 웅크린 모스크비치(모스크바 사람을 그렇게 부른다.)들을 보면서 그 나라로 유학 온 것을 후회했다. 그리고 학기가 시작되었다. 강의실에 앉아 러시아 인민배우라는 지도교수가 들어오길 기다렸다. 인민배우는 다른 나라를 방문할 때 대사가 직접 영접할 만큼 국민들이 마음으로 존경하는 참 예술가라는 소리를 얼핏 들었던 참이었다.

그때 행색이 초라한 어떤 노인이 문을 열고 들어와 교단에 섰다. 바로 그 인민배우였다. 길에서 봤던 사람들과 전혀 다를 바가 없었다.

휴식 시간이 되었고 지도교수는 강의실 창문 곁에 있는 의자에 앉더니 자신의 가방을 열고 비닐봉지를 꺼냈다. 그 비닐봉지 속에는 먹기 좋게 잘라진 사과 조각들이 들어 있었다. 지도교수

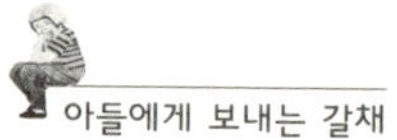

는 창밖을 바라보면서 무심히 사과를 먹었다.

그 얘기를 음악 하는 친구에게 했더니 자신도 똑같은 경험을 했다는 것이다. 세계적인 음악가인 선생님이 악기 뚜껑을 열었는데 그 안에 장바구니가 악기와 나란히 들어 있고 장바구니 밖으로는 채소들이 삐죽 튀어나와 있었다는 것이다. 그때 삶과 직업에 대해서 다시 생각했다. 예술만큼 식료품도 똑같이 소중하게 취급되는 삶이란 뒤집어서 생각하면 밥을 먹는 것처럼 예술도 삶의 한 부분으로 여겨진다는 것이다. 직업은 무엇을 이루는 수단이 아니라 바로 삶 그 자체인 것이다.

그래서 네가 그렇게 꼼꼼하게 천천히 생각하는구나. 온전히 네 자신만을 기준으로 삼고 너를 사무치게 감동시키고 네 모든 감각을 붙드는 그런 일을 찾으려고 하는구나. 나는 자꾸 묻고, 내가 물을 때마다 너는 대답을 자꾸 미루었다. 그래라. 그렇게 해라. 미래를 앞에 두고 얼마든지 길고 게으르게 생각해라.

이런 상상을 하곤 했다. 어느 날 네가 나한테 날개를 만들어 달라고 하면 어떻게 할까? 이카로스처럼. 그리스 신화에 등장하는 못 만드는 게 없다는 공작의 신 다이달로스의 아들.

"아버지, 날고 싶어요. 태양보다 더 높이! 제게 날개를 만들어 주세요."

아무리 담대한 다이달로스라도 처음에는 거절했겠지. 지금 아들이 하려는 일이 얼마나 위험한 일인지 잘 아니까. 그래도 결국 만들어 줄 수밖에 없었겠지. 아들을 진심으로 사랑했으니까. 아들을 사랑하는 건 그의 생각과 자유까지 사랑하는 일이니까. 설사 그것이 하늘을 나는 일처럼 위험한 일이고 때로 생명을 위협하는 일이라고 하더라도 아들이 자신이 세운 목표를 끝까지 실천해 나가는 것을 지켜봐야 하는 것이 아버지니까.

그러나 너는 이카로스였지만 나는 자주 다이달로스가 아니었다. 지금도 기억이 난다. 네가 아장아장 걸을 때 넌 혼자 거리를 걸으려고 했다. 빗자루 하나를 긴 칼처럼 옆구리에 차고 전투에 나서는 장군처럼 앞을 향해 걸어갔지. 나는 결사적으로 몸을 숨겨 가면서 네 뒤를 쫓았다. 새끼 양 같은 너를 자유롭게 방목하기에 가시덤불 숲은 험하고 늑대 울음소리가 사방에서 울려 퍼졌으니까. 나는 결코 잠들 수 없었던 양치기의 마음을 사랑이라고 여기면서 감시의 눈길을 거두지 않았다. 아무 일 없는

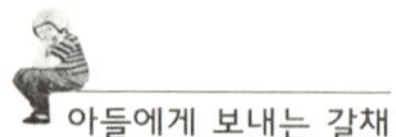

시간이 더 불안했고, 조용하다 싶을 때 꼭 일이 터진다는 걸 알
고 있었으니까. 너의 새로운 도전과 호기심이 불러낸 수많은 사
건들.

　"아빠, 한 번만!"

　너는 이렇게 말하곤 했다. 그리고 나는 대체로 이렇게 대답
했다.

　"조금만 기다려. 아직은 때가 아니야!"

　원하는 때가 바로 적당한 때라는 걸 모르지는 않았다. 그러
나 내 곁을 시킬 수 없을 때 거절했다. 규제는 규제일 뿐, 네 삶
에 완전하게 동참하지는 못했던 것이다. 그만큼 바쁘기도 했
다. 나는 걸핏하면 이렇게 말하곤 했다.

　"우린 가족이기 전에 동지야! 그러니까 모든 일을 함께 상의
해서 헤쳐 나가자!"

　그건 진심이었다. 나는 미래의 일을 예측하기 어려웠다. 그
때마다 너는 동지로서 손색이 없는 사려 깊은 표정으로 힘과 용
기를 주었고 그 덕분에 우린 수없이 많은 어두운 터널들을 함께
빠져나올 수 있었다. 그렇게 주장하면서도 늘 미안했다. 많은

시간을 함께하지 못했던 것, 자주 어린 널 한밤중까지 집에 혼자 두었던 것, 혼자 밥을 먹게 했던 것, 그러다가 다친 상처들…. 문득 네가 키가 작은 건 어렸을 때 너무 고생해서가 아닐까 하는 생각도 들더구나. 그런 나를 존경한다고?

"당신을 가장 존경한대. 좋겠네!"

엄마가 그러더라. 학교에 제출하는 신상기록부에 가장 존경하는 사람을 '아버지'라고 적었다고. 기뻤다. 아버지를 존경한다는 사람도 많이 만났고 방송 프로그램이나 신문 기사에서도 자주 접했지만 내 경우가 될 때까지 그렇게 특별한 일인 줄은 몰랐다. 아버지가 아들에게 존경받는 사람이 된다는 거, 그건, 하하, 비로소 내가 너의 인생에 등장했다는 것이다. 그건 네가 나의 인생에 등장했던 그날처럼 얼마나 황홀한 일인지!

나는 너에게 갈채를 보낸다. 박완서 작가는 수필집 『꼴찌에게 보내는 갈채』에서 등수에 들지 못한, 그러나 끝까지 완주한 마라토너에게 갈채를 보낸다. 누구와도 비교하지 않고 온전히 그 사람의 삶에 보내는 갈채. 내가 너에게 보내는 갈채도 바로 그런 것이다. 다른 사람과 비교해서 잘났거나 잘난 면을 부각시켜 칭찬하려는 게 아닌, 이 세상에서 유일한 인생을 살아가는 아들에게 유일한 인생을 살아가는 아빠가 보내는 특별한 갈채!

더불어 너에게 고맙다. 너를 만나 생명에 대한 인식을 시작하여 나의 본성에 눈을 뜨고, 관용과 평화의 세계를 바라볼 수 있었으니. 이제 나는 네가 날개를 달아 달라고 할 때 날개를 달아 줄 수 있다. 그것이 생명이 나아가는 길이라는 걸 아니까. 인생은 결국 더 높은 곳을 향해 나아가는 것이다. 더 높은 곳이 있으니까 도달하지는 못한다. 그러나 발견하지 못한 신세계, 발견하지 못한 미묘한 정신과 육체, 감정들, 수많은 리듬과 색깔들을 향해 위험한 날개를 파닥거리면서 날아가야만 한다. 후손들은 너희가 발견한 것에서부터 또다시 시작할 것이다. 발전을 말하려는 건 아니다. 극복도 아니다. 다만 발견의 기쁨과 불가능한 것을 가능하게 만드는 삶, 그러한 삶의 황홀! 그 황홀을 향해 나아가라.

가을이었던가, 우리는 시골길 같은 서울 외곽도로를 버스를 타고 달리고 있었다. 너는 그때 일곱 살이었고 아직 말문이 트이기 전, 할아버지께서 병원에 가 봐야 하는 게 아니냐고 한참 걱정을 하실 즈음이었다. 너는 차창으로 단풍이 곱게 물든 야트막한 구릉을 한참 바라보고 있었다.

"꽃이 아름답게 피었습니다."

나는 내 귀를 의심했다. 넌 나를 보면서 다시 한 번 말했다.

"꽃이 아름답게 피었습니다."

너는 완벽한 문장으로 말을 시작했다. 나는 네가 말을 시작했다는 사실보다 이 세상에 말을 건넨 첫 대상이 꽃(단풍이었다.)이었다는 것, 자연의 아름다움을 찬양하는 말이었다는 것에 흥분했다. 정말로 창밖에는 이 세상에서 가장 아름다운 단풍 산이 천천히 지나가고 있었다.

아들아, 너랑 살아서 참 기쁘구나

강수돌

강수돌 _ 서울대학교에서 경영학을 공부하고, 독일 브레멘대학교에서 박사 학위를 받았으며, 현재는 고려대학교 세종캠퍼스 경영학부 교수로 재직 중이다. '돈의 경영'이 아닌 '삶의 경영'을 가르치고 실천하는 일에 힘쓰고 있으며, '나의 작은 실천'이 참행복의 길을 열고 사회도 바꾼다는 믿음에서 2005년 5월부터 2010년 6월까지 5년간 시골 마을의 이장을 지낸 바 있다. 학교 근처 서당골에 귀틀집을 지은 뒤 텃밭을 일구며 세 명의 아이들을 자연 속에서 키웠고, 자연이 주는 즐거움에 흠뻑 빠져 살고 있다.

돈벌이가 아닌 살림살이의 관점에서 사회와 삶을 바라보고 '아래로부터의 시각'으로 이웃과 역사를 바라볼 때 희망이 열리고 더불어 행복한 세상이 올 것이라 믿고 있다. 주로 노동자의 삶의 질과 생활을 규정짓는 생태의 문제와 함께 노동의 조건들을 연구의 대상으로 삼아 왔다. 세계화 담론에 대한 문제 제기로서 외국인 노동자(이주 노동자)에 대한 연구 활동도 활발히 진행했다. 이는 기존의 전통적인 노사관계론 시각을 벗어난 듯 보이지만 실제로 경제 수치에 의존해 왔던 노동자의 삶을 적극성과 자기 조직화라는 근거로 새롭게 재구성하는 다른 시각으로 볼 수 있다. 노동 과정에서의 노동자의 역할이나 민중 정치의 새로운 방향에 관심을 갖는 사람이라면 그냥 지나칠 수 없는 연구들이다. 저서로 『이장이 된 교수, 전원일기를 쓰다』, 『내가 만일 대통령이라면』, 『나부터 마을혁명』, 『살림의 경제학』, 『자본을 넘어, 노동을 넘어』, 『지구를 구하는 경제책』, 『나부터 교육혁명』 등이 있다.

아들아, 너랑 살아서 참 기쁘구나

아들아, 네가 태어나던 날이 떠오른다. 1988년 11월 30일이었지. 당시 아빠는 머리를 짧게 깎은 군인이었단다. 엄마가 너를 낳기 위해 평소에 다니던 K병원에 갔지. 네가 이 세상에 태어나서 축복을 받던 날, 아빠는 우스꽝스럽게도 약간의 수모를 당했단다. 머리가 짧은 상태에서 사복을 입고 병원에서 (너와 엄마가 무사히 나오기를) 기다리는데, 주변 사람들의 눈초리가 이상하지 않겠니? 마치 "저 고등학생같이 생긴 사람은 얼마나 일찍 사고를 쳤길래 벌써 아기 아빠가 된다고 왔다 갔다 하는 걸까? 쯧쯧." 뭐, 이런 정도의 애처로운 마음과 함께 약간은 비아냥거리는 듯한 분위기….

그러나 나는 네가 이 세상에 태어나던 날, 내 인생이 다시 한 번 바뀌는 신선한 경험을 했단다. 스물여덟 살에 처음으로 아빠가 된 것은 할아버지나 할머니 세대에 비하면 늦은 편이지만 요즘 풍조에 견주면 좀 빠르기도 하지. 물론 네 엄마도 마찬가지고.

그날 아빠와 엄마가 너를 위해 두 손 모아 기도한 게 뭔 줄 아니? "우리 사랑스런 아기가 건강하게 자라서 자기가 하고 싶은 것들을 하며 행복하게 살길 빕니다." 하는 기도였단다. 그 마음은 지금도 변함이 없지. 다시 한 번 말하지만 나는 네가 이 세상에 태어나 우리와 함께 살게 된 것이 무척 기쁘고, 고맙고, 행복하단다.

아들아, 네가 처음으로 머리를 가누고 또 몸을 뒤집기 시작했을 때 그것은 우리에게 일종의 '경이'였단다. 지금 생각하면 아무것도 아니지만. 또 남들이 보기엔 경이가 아니라 '평범'에 불과하겠지만 말이다. 그것은 아빠와 엄마의 사랑의 결실인 네가 처음으로 네 의지로 네 몸을 움직이기 시작했다는 점에서 경이였지. 엄마가 '정'이라면, 아빠가 '반'이고, 그 결실인 너는

'합'이 아니겠니? 이른바 '정반합'의 변증법이 우리 관계 안에서도 존재하는 셈이지. 그리고 그 '합'인 네가 다시금 '정'으로 변신하는 출발점이 바로 그 작지만 경이로운 일들로 나타난 것이 아니겠니?

그다음 경이로운 일은 네가 스스로 걷기 시작하고 말하기 시작했던 일 같구나. 네가 스스로 완전히 독립할 때까지 당연히 우리가 사랑으로 보살피겠지만, 중요한 것은 네 인생의 주인공은 너 자신이라는 점이지. 그래서 네가 머리를 들기 시작하고 몸을 뒤집으며 기기 시작했을 때, 걷기 시작하고 말을 하기 시작했을 때, 우리는 환호성을 지르며 박수갈채를 보냈단다. 감동적인 순간들이었지. 그것은 다른 아이와 비교해서 나오는 것이 아니라 네 스스로가 성장하는 모습이 자연스레 드러난 것이기에 정말 소중한 감동이었단다. 그런 관점에서 보면 인생 전체가 감동의 순간들로 가득하단다. 정말 놀라운 일 아니냐?

아들아, 너는 기억을 못하겠지만 아빠와 엄마, 그리고 할머니는 너의 똥 색깔이나 똥 모양만 보고도 울다가 웃다가 어쩔 줄을 몰라 했던 적이 많단다. 네가 아플 때는 똥 색깔이 까맣거나 우중충했지. 그러면 우리 마음도 캄캄한 밤처럼 어두워지거나 잔뜩 구름이 끼었단다. 그러다가 마치 (독초이긴 하지만) '애기 똥풀'의 노란색 꽃처럼 똥의 색깔이 좋고 모양도 똥글똥글하면 우리는 정말 기뻐서 만세를 불렀단다. 아마도 똥을 보고 그렇게 좋아할 수 있을 때는 부모가 어린 자식의 똥을 보았을 때 외에는 없을 거야. 그래서 좋은 똥이 네 몸으로부터 이 세상에 배출되는 순간, 우리는 "똥아, 잘 나와서 고맙데이."라고 감사 인사를 꾸벅 했단다.

너도 권정생 선생님의 『강아지 똥』을 읽어 보아서 알겠지만, 똥은 결코 더러운 쓰레기가 아니란다. 똥이야말로 우리 자신과 세상을 이어 주는 끈이지. 이 대자연이 선물하는 음식을 우리가 먹고 또다시 똥으로 배출해서 대자연의 거름으로 되돌리는 일을 반복하는 과정이 바로 우리가 성장하고 생활하며 인생을 사는 과정이 아니겠니? 그러니 똥이 참 고맙지. 그래서 내가 만날 밥상에서 "밥이 똥이고 똥이 밥이다." 하며 너희를 웃게 만들었던 거란다. 물론 웃고만 끝날 일은 아니지. 엄청난 진리가 깃들어 있으니, 하하.

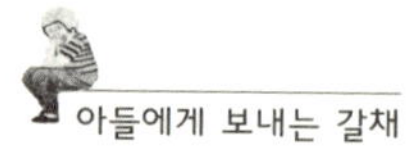

아들아, 아빠와 엄마가 너를 키우는 과정은 결코 낭만적인 것만은 아니란다. 시간도 많이 필요하고 정성도 많이 들고 돈도 많이 들기 때문에, 우리는 너를 키우기 위해 늘 '전쟁'을 해야 하지. 다행히 엄마가 초등학교 교사라 출산휴가와 육아휴직을 내는 것이 다른 직종에 비해 쉬워서 너를 키우는 데 큰 전쟁을 치를 필요는 없었지. 그것도 고마운 일이란다.

그런데 곰곰 생각해 보면, 출산휴가나 육아휴직 같은 제도들은 국가가 아이를 많이 낳도록 권장하기 위해 만든 측면도 있지만 사실은 직장 여성들이 직장과 가정 사이의 균형을 잡기 위해 오랫동안 투쟁하여 획득한 권리이기도 하단다. 그래서 이 세상의 부모가 사랑스런 아기들과 더 많은 시간을 갖기 위해서라도 그런 제도들을 하나씩 알차게 만들어야 하고, 그러기 위해서는 사회적 노력을 많이 해야 한단다. 다시 말해, 사람들의 욕구와 필요를 모으고, 그것을 조직적으로 추진하여 문서와 정책을 만들고, 그 요구를 관철하기 위해 집단적인 힘을 보여 줄 때, 비로소 돈 있고 힘 있는 자들이 조금씩 양보를 하는 법이란다. 그러고 보니 너같이 귀여운 아이 하나를 키우는 과정도 순수하게 개인적인 것만은 아니구나. 그렇게 사회와 개인이 모두 연결되어 있는 게 우리네 인생살이란다.

아들아, 네가 처음으로 초등학교에 입학할 때가 언제였는지 기억나니? 아마도 1995년 3월 초였던 것 같구나. 내가 이미 여러 번 말한 적이 있지만, 그때 나는 독일에서 공부를 마치고 돌아와 한국노동연구원에서 일을 막 시작하려고 할 때였단다. 매일 출근해야 하는 네 엄마보다 내가 시간 여유가 있어 너를 데리고 입학식에 가던 날이었어. 날씨는 참 좋았던 기억이 나는데, 이상하게도 나의 마음은 무거웠단다. 너는 처음으로 학교에 가는 날이니 아무것도 모르고 내 손을 잡고 즐겁게 걷고 있었지만 말이다.

사실 나는 1968년에 초등학교에 입학했으니, 너하고는 꼭 27년 차이가 나는 셈이구나(말이 나온 김에, 당시 네 할머니 손을 잡고 입학식에 갔는데, 선생님이 "수돌이는 엄마는 어디 가시고 할머니랑 같이 왔을까요?"라고 하시는 게 아니겠니? 네 할머니가 고생을 많이 하신 탓에 나이가 더 들어 보여 선생님이 착각하신 것이지. 그 말이 아직도 내 가슴속에는 아픈 기억으로 남아 있단다. 그런데 너를 입학시키던 날에 또다시 "엄마는 어디 가고 아빠가 데리고 왔을까?"라고 물으실 것 같더라고. 물론 아무도 그렇게 묻지는 않았다만.).

하여간 당시 내 마음이 무거웠던 것은 내가 초등학교, 중학교, 고등학교, 대학교, 대학원, 유학, 박사 과정 등 공부한다고 할 때 생각할 수 있는 모든 코스를 한 바퀴 돌고 난 시점에 이제 내 아들이 그 긴 코스를 다시 가야 한다고 생각하니 가슴이 갑갑했던 것이지.

아니, 사실은 그 코스가 길어서 문제가 아니라 '하고 싶은 공부를 즐겁게 하지 못했던' 그 기억 때문에 고통스러웠다고 표현해야 정확하겠구나. 그간 내가 치러야만 했던 그 수많은 시험 문제들, 그 수많은 점수와 등수들, 그 숱한 좌절과 실망들, 잠 못 자던 날들, 그런 것들이 나의 머리를 스쳐 지나가면서 "아, 우리 아들도 또다시 그런 고통의 과정을 반복해야 하나?"라는 근원적인 회의가 들었던 것이지. 그래서 너를 입학식에 데리고 가는 나의 마음은 '마치 송아지를 끌고 도살장으로 향하는 느낌'이었지.

그래서 그날 이후 아빠와 엄마는 "우리 아들에게는 절대로 100

점을 받아야 한다거나 1등을 해야 한다고 강요하지 말자."고 굳게 약속했단다. 너 몰래 우리끼리 한 약속, 좀 괜찮지 않니?

그렇게 서울 근교인 과천에서 초등학교를 다니다가 1997년 3월부터 내가 조치원에 자리를 잡게 되면서 우리는 "마침내 시골에서 아이들을 키울 기회가 왔다."고 좋아했지. 1994년 6월에 네 여동생이 태어나고, 1995년 11월에 막내가 태어났으니, 이미 우리 식구는 다섯 식구가 되어 있던 때야. 우리는 조치원에 새로운 터전을 만들기로 마음먹고 우리가 원하는 소박한 한옥을 지을 계획을 세웠단다.

과천에서 조치원으로 가기 전에 중간 단계로 청주 외곽의 시골 분위기가 나는 동네에서 잠시 전세살이를 했지. 그 2년 동안 지금 사는 조치원 서당골에 귀틀집 모양의 살림집을 지었단다. 그 집을 지을 때 너희들이 목수 흉내를 내며 삽이나 망치를 들고 이리저리 다니던 모습이 아직도 생생하구나. 그렇게 너는 동생과 더불어 과천에서 청주로, 청주에서 조치원으로, 갈수록 시골로 들어간 셈이지. 기특하게도 너는 수도권에서 지방 도시로, 또다시 소읍으로 옮겨 갈 때마다 친구와 더불어, 자연과 더

불어 잘도 지냈지. 그렇게 행복하게 자라는 모습이 아빠와 엄마에게는 그 어떤 선물보다 소중하고 고마웠단다.

그런데 또 기특하게도 네가 우리 집에서 가장 가까운 초등학교를 졸업할 때 무슨 교육감 상을 하나 받았는데, 장학금까지 곁다리로 받게 되었지 뭐냐. 사실 장학금이 아니면 공부를 하기 어려웠던 나의 과거를 생각할 때, 우리는 그래도 스스로 먹고사는 데는 큰 걱정이 없으니 그 장학금은 가정 형편이 어려운 아이에게 양보하거나 아니면 더 좋은 용도에 쓰면 좋겠다고 생각했지. 그래서 내가 "아들아, 이 장학금은 우리에겐 굳이 필요한 게 아니니 (후배들을 위해) 너희 학교 도서관에 책을 사는 데 기증을 하면 어떨까? 내가 좀 더 보태어 우리 마음을 따뜻하게 전하면 좋겠구나."라고 했더니, 네가 기꺼이 그렇게 하자고 했지. 그렇게 너는 어릴 적부터 마음씨가 고왔단다. 고마운 일이지. 물론 우리가 그렇게 한 것은 그간 작은 시골 학교에서 여러모로 수고하신 선생님들에 대한 감사의 표시이기도 했어. 사실 우리는 늘 주변의 도움을 받으면서 살고 있기 때문에 그런 부분을 잊어서는 안 되겠지.

그 뒤 네가 일반 공립 중학교를 다닐 때였어. 어느 날 네가 "아빠, 꿈이 생겼어요."라고 하는 게 아니겠니? 내가 "네 꿈이 뭐니?"라고 물을 때마다 "아직 잘 모르겠어요."라고 했는데 말이다. 반가워서 "그래, 그게 뭔데?"라고 물었더니, "중학교 교장 선생님이요."라고 대답하더구나. 내가 생각하기에 좀 엉뚱했지. 신기하기도 하고. "왜?"라고 되물었더니, 가슴에 찡하게 다가오는 말을 했단다. "학교 늦게 온다고 종아리 때리지 않는 학교, 머리 길다고 바리깡으로 박박 밀지 않는 학교를 만들고 싶어요." 나는 속으로 네가 정말 대견하게 느껴졌단다. 물론 너도 직접 맞은 적이 있겠지만, 친구들이 맞는 모습을 보고 '남의 일'이 아닌 것으로 느끼는 그 마음이야말로 네가 속으로 알차게 성장하고 있다는 증거가 아니겠니?

사실 우리 사회의 많은 문제들은 타인의 고통에 대해 무감각한 우리의 모습 때문에 발생하거나 악화하는 경우가 많아. 그런 학교의 분위기를 하루아침에 고치기는 힘들겠지만 여기저기서 이런저런 방식으로 다양한 차원에서 문제 제기를 하고, 끊임없이 대안을 추구하며 여럿이 힘을 합치다 보면 마침내 새로운 해결책이 나올 거야. 물론 어느 것도 완벽하긴 어렵지. 새로운 해결책이란 것도 또다시 '정반합'의 과정을 거치며 새롭게 진화를 해야 할 거야. 중요한 것은 그러한 성찰과 문제 제기, 새로운 시도와 민주적 토론, 이런 과정들이 아니겠니? 그래서 민주주의가 정말 소중한 것이지. 이게 제대로 되려면 우리 각 개인들의 내면도 성숙해야 함은 물론이고. 그래서 우리는 세상을 좀 더 잘 알기 위해, 또 자신을 좀 더 잘 알기 위해 공부를 하는 것이란다. 하여간 당시에 친구들이 맞는 모습을 보면서 네가 고통스러워했던 것도, 또 아빠와 엄마가 너의 솔직한 느낌을 있는 그대로 받아들이려고 노력한 것도, 지금 생각해 보면 대단히 소중한 순간들이었던 것 같아. 나중에 네가 부모가 되어도 이런 순간들을 잊지 않았으면 좋겠구나. 삶은 결과가 아니라 과정이란 것을.

그렇게 이런저런 고민을 하다가 너랑 나, 네 엄마가 같이 의논한 끝에 '대학 입시에 시달리지 않으면서도 영혼이 자유로이 성장하도록 돕는' 그런 학교를 찾게 되었지. 아빠와 엄마가 대학 입시 공부에 시달리면서 받았던 상처 같은 건 절대 대물림해 주고 싶지 않았다. 그래서 당장 학교나 제도는 바꿀 수 없는 형편이니 대안학교를 선택할 수밖에 없었지.

아니나 다를까, 너는 처음부터 다른 친구들과도 잘 어울리며 기숙사 생활과 학교생활을 잘했다. 자유로운 분위기 속에서 너 자신을 차분히 들여다볼 시간도 많았을 줄 믿는다. 그래, 우리는 늘 너를 믿어 왔고 앞으로도 잘해 나갈 것이라 믿는다. 물론 네가 실수를 할 때도 있을 것이고 우리 마음에 안 들 때도 있겠지만, 두려워하지 말기 바란다. 오히려 실수나 시행착오가 너를 더욱 성숙하게 만들어 주는 계기가 될 테니까. 그래서 좋은 일은 좋은 일대로, 나쁜 일은 나쁜 일대로 배우고 느끼며 한 걸음씩 더 나아가는 발판으로 삼으면 된단다.

지리산 자락의 대안학교에서 그렇게 너는 잘 자란 것 같아. 아무래도 헌신적인 선생님 덕이 가장 크겠지. 그렇게 훌쩍 3년이 지나고 네가 졸업식을 하던 날이 기억나는구나. 다른 동기들과 무대 위에 서서 한 명씩 돌아가며 지난 3년을 회고하는데 그때 네가 뭐라 했는지 기억나니? "이 학교에서 자유롭게 자랄 수 있도록 길을 내 주신 부모님께 감사드려요." 너는 이렇게 말하며 눈물을 흘렸다. 나는 그때 네가 진심의 눈물을 흘리는 것을 보았다. 졸업과 이별이라는 섭섭함의 눈물이기도 하겠지만 선생님이나 부모에게 느끼는 감사의 눈물이기도 했을 거라 생각한다. 그 눈물은 곧바로 나에게도 전달이 되어 함께 소리 없이 울었단다. 네가 잘 자라 주어서 고맙고, 우리의 지난 선택이 결코 잘못되지 않았다는 생각에 고맙기도 하고, 선생님과 학교가 고맙기도 하고…. 이런 복합적인 눈물이었지. 그렇게 졸업식조차 행복한 느낌을 공유하는 시간이었던 걸로 기억한다. 장하고 고맙구나, 아들아!

대개 사람들은 고등학교를 졸업하고 대학 진학을 어떻게 하는가에 따라 지난 12년 동안의 학창 시절을 성공이냐 실패냐로 평가하지. 그러나 우리는 그러지 않기로 했지. 누군가의 말마따나 인생의 목적은 '성공' 이 아니라 '경험' 하는 것 그 자체니까. 온갖 다양한 체험들은 물론 네가 느끼는 내면의 체험까지 말이지.

네가 중학생 때만 해도 '다음에 중학교 교장 선생님이 되겠다.'고 했는데 그때까지는 철부지였던 것 같다. 고3 때 너는 우리에게 편지를 써서 "저는 재즈 피아노를 공부하고 싶어요."라고 진지하게 고백을 했지. 처음에는 우리도 좀 어리둥절해서 갈피를 잡지 못했지만, 곧 선생님들과 상담한 결과 네 결심이 예사롭지 않다는 걸 알게 되었어. 여기서 중요한 건 실력이 예사롭지 않다는 게 아니라 결심이 예사롭지 않다는 뜻이란다.

흔히 생각하면 음악가나 예술가의 길은 천부적인 재능이 있어야 한다거나 돈이 엄청 많아야 한다는 식으로 보기 쉽지. 그러나 우리 생각은 달랐어. 만약 네 진심이 그렇다면 우리는 너를 최선을 다해 지지할 것이라고 말했어. 그러고 보니 네가 어릴 적에 피아노를 배운 적이 있다는 생각이 언뜻 스치더구나. 당시 아빠와 엄마는 선생님께 "피아노 진도를 빨리 나가는 건 중요하지 않으니 아이가 자신의 느낌을 즐기면서 칠 수 있게 천천히 지도해 주시기 바랍니다."라고 거듭 당부했지. 그때 네가 몇 년간 피아노를 배운 기억이 고등학교 때 가서 되살아난 모양이더구나. 그래, 네가 그랬지. 피아노실에서 음악 선생님이 피아노를 연주하는 소리가 들리면 너도 모르게 발걸음이 향한다고. 그래, 바로 그것이란다. 네 느낌이 향하는 바가 바로 인생의 중대한 결정을 내리는 기준이 된단다.

하여간 우리는 네 결심을 존중하기로 하고 졸업 뒤에 당장 대학을 가지 않고 재즈 피아니스트의 길을 가고자 한다면 그에 필요한 공부를 할 수 있게 도와주겠다고 다짐을 했지. 그래서 동기들이 대학 진학을 하고 이제는 졸업까지 했다만 너는 (그동안 군복무를 마치기도 했지만) 아직도 이른바 대학을 들어가지 않았지. 혼자서 자취 생활을 하기도 힘들 텐데, 별로 힘들다는 말도 하지 않고 네가 재즈 학원과 개인 교습을 받으며 열심히 실력을 갈고닦고 있는 모습이 보기가 좋구나. 동기생들에 비해 몇 년 늦어지기는 했지만, 인생은 결코 속도전이 아니니 친구들과 비교해서 초조해할 필요는 없단다. 꾸준히 네가 가고 싶은 길을 한 걸음씩 정진하는 것만이 네 자신의 인생을 제대로 사는 길이니까. 그리고 너는 아직 한참 배울 것이 많은 학생 신분이긴 하지만, (우리 집에 손님들이 오셨을 때 간간이 좋은 연주를 해 주던) 너는 이미 스스로 느낄 줄 아는 재즈 피아니스트가 아니더냐. 그래서 우리는 누가 뭐래도 너에게 진심 어린 박수갈채를 보낸다. 아들, 파이팅!

아들아, 네가 걸어가는 인생의 길에서 아빠와 엄마가 굳이 바라는 게 있다면 두 가지 정도란다.

하나는 실수나 실패를 두려워하지 말라는 것이다. 누구나 시행착오를 겪으면서 좀 더 나아지는 법이니 처음부터 완벽하려고 애쓰지 말기 바란다. 조금씩 좋아지는 과정 속에 기쁨이 있는 것 아니겠니? 지금까지 너는 큰 좌절을 경험하지 않고 비교적 행복하게 살아왔기에 오히려 그것이 너의 약점일 수도 있단다. 혹시라도 어려움이 닥치고 실패하는 경우가 있더라도 그것을 발판 삼아 너 자신을 더욱 다듬고 성찰할 수 있기를 바란다. 사람이 아름다운 것은 약점이 없을 정도로 완벽해서가 아니라 약점을 딛고 새로운 모습으로 다시 일어설 수 있기 때문이지.

그리고 한 가지 더. 우리는 네가 반드시 훌륭한 피아니스트가 될 것을 믿어 의심치 않는다. 그것은 꼭 세계적인 음악가를 염두에 둔 게 아니란다. 네가 사는 작은 지역에서 이웃 사람들과 잘 어울리며 즐길 수 있는 음악가라도 얼마나 멋지겠니? 다만 내가 꼭 부탁하고 싶은 것은, 이른바 '순수'를 강조하며 세상

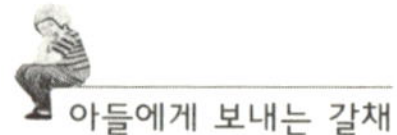

의 현실과 동떨어진, 또는 세상 사람들의 고통에 애써 눈감으려
는 그런 예술가가 되지 말라는 것이다. 달리 말하면, 세상과 부
단히 교류하면서 세상 사람들의 고통을 어루만져 주고 상처를
치유할 수 있는, 그래서 삶의 기쁨과 희망을 같이 노래할 수 있
는 그런 음악가가 되기를 바란다. 물론 이것조차 네 자신이 스
스로 느끼고 판단해야 할 일이지만 말이다. 아빠와 엄마가 바라
는 것은 음악가로서의 세속적 성공이 아니라 네가 '철학 있는
음악가'로 성장하는 것이다. 그것은 바로 네가 중학교 시절에
매 맞는 친구들의 아픔을 함께 느꼈던 그 마음을 기억에서 지우
지 않음을 뜻하겠지. 그래, 우리의 친구나 이웃이 겪는 고통에
눈을 감지 않는 그런 음악, 그런 인생, 그거야말로 정말 멋진 것
아니냐?

그런 뜻에서 다시 한 번 자랑스런 우리 아들에게 아빠와 엄마
가 갈채를 보낸다. 그리고 이렇게 진심으로 갈채를 보낼 수 있
는 네가 우리와 함께 산다는 사실이 정말 기쁘고 고맙구나!

‘다름’을 극복하고
인류애를 실천하는
아름다운 세대를 위하여

김영미

김영미 _ 서른 살에 방송 피디가 되어 10여 년간 세계의 분쟁 지역을 취재해 왔으며, 현재는 공중파 방송 다큐멘터리 피디로 일하며 「시사인」과 「신동아」에 기사를 쓰고 있다. 분쟁 지역에서 모든 사람들이 공감하는 휴먼 다큐멘터리를 제작하기 위해 지금도 홀로 제3세계를 취재하고 있다. SBS 특집 다큐멘터리 「동티모르 푸른 천사」를 시작으로 아프가니스탄의 남녀 차별 문제를 다룬 KBS 일요스페셜 「부르카를 벗은 여인들」, SBS 특집 다큐멘터리 「일촉즉발, 이라크를 가다」, MBC 긴급 르포 「파병, 100일간의 기록, 자이툰 부대」와 「이라크 파병, 그 머나먼 길」, SBS 「이슬람의 딸들」, MBC 「PD수첩」에서 방영된 「소말리아 동원호 취재: 조국은 왜 우리를 내버려 두는가?」, MBC 스페셜 「불타는 레바논」, KBS 수요기획 「미군들의 이라크」 등을 연출했고, EBS 「다큐프라임」으로 방송된 공정무역을 다룬 3부작 다큐멘터리 「히말라야 커피로드」를 재능 기부로 연출했다. 이외에도 아프가니스탄과 카슈미르를 다룬 특집 다큐멘터리 20여 편이 2002년부터 2004년까지 일본 니혼TV에서 방송되었다. ‘여성인권 디딤돌상’, ‘MBC 방송대상 공로상’, ‘일본·한국 YWCA 여성 지도자상’, 「여성신문」이 선정한 ‘2030 여성 희망리더 20인’ 등을 수상했으며, 최근에는 「히말라야 커피로드」가 방송통신심의위원회가 선정한 ‘좋은 프로그램’에 뽑혔다. 저서로는 「바다에서 길을 잃어버린 사람들」, 「히말라야 커피로드」, 「세계는 왜 싸우는가?」 등이 있다.

'다름'을 극복하고 인류애를 실천하는
아름다운 세대를 위하여

그 숱한 시간들을 함께하지 못해서 미안해

방송 피디가 된 후 나는 아들 생일을 거의 같이 보내지 못했습니다. 생일뿐 아니라 명절도, 크리스마스도, 유치원을 포함해서 초등학교나 중학교 입학식과 졸업식에도 참석하지 못했습니다.

그 시간 이 못난 엄마는 이라크에서, 시리아와 아프간에서 모래 먼지와 싸우며, 혹은 위험과 싸우며 취재 중이었습니다.

세상에 나처럼 무관심한 엄마가 있을까 하는 자책을 하기도 합니다. 하지만 서로 하나밖에 없는 엄마와 아들이라 몸은 비록 취재 현장에 있지만 애틋하게 그리워했습니다.

그런 아들에게 내가 다른 엄마들보다 많이 해 줄 수 있는 것은 취재 현장의 이야기를 통해 세상을 보는 시야를 갖게 해 주는 것뿐이었습니다. 그래서 취재 중간에 짬을 내서 아들과 전화 통화를 하더라도 엄마가 있는 세상의 이야기를 많이 해 주고 싶었습니다. 내 아들은 나와는 다른 시각을 가지고 좀 더 세상의 아픔을 이해하고 품을 수 있는 넉넉한 가슴을 가진 아이로 키우고 싶었기 때문입니다.

그것은 나의 아들뿐만 아니라 아들의 친구들, 그리고 이 시대를 살아가는 청소년들에게도 나누고 싶은 이야기이기도 합니다.

다큐멘터리 피디로 13년 동안 세계 여러 나라를 돌아다니면서 인종과 종교와 민족 등이 다른 많은 사람들을 만났습니다. 이렇게 얻게 된 경험들이 내 인생의 값진 재산이 아닌가 생각합니다. 물질적으로 가진 것은 많이 없지만 내게는 이러한 경험들이 항상 든든한 재산입니다.

나는 이 재산을 내 아들과 아들의 친구들, 혹은 여러분에게 유산으로 지금 미리 물려주고 싶습니다.

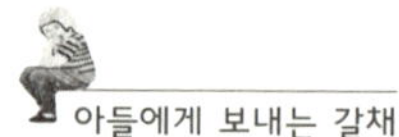

'다름'을 인정하는 순간 얻게 되는 인류애

나라고 처음부터 다른 나라에서 성공적인 만남을 갖고 좋은 다큐멘터리를 만들었을까요? 아닙니다. 나도 많은 시행착오를 거쳤습니다. 여러분이 사는 한국이라는 땅과 멀리 떨어져 있는 지구 반대편 나라들에는 겪어 보지 않고는 알 수 없는 수많은 다른 문화가 존재합니다. 다른 문화 때문에 난처한 경우도 있고 혹은 상대방을 난처하게 만들기도 합니다.

1970년대 초반에 태어나 정규교육을 한국에서만 받은 나로서는 이렇게 '다르다'라는 것에 적응하느라 힘들었습니다. 우물 안 개구리가 우물 밖으로 나가 보니 세상은 우물 안과는 정말 '다르게' 보였습니다. 처음에는 당황스럽고 어리둥절했습니다. 그리고 곧 내가 그동안 얼마나 세상을 모르고 살았는지, 혹은 아무것도 모르고 내 식대로 박박 우기고 살았는지 느끼게 되었습니다. 여러분들은 나보다 더 나은 교육을 받고 미디어 매체나 인터넷을 통해 더 많은 정보를 배운 세대이기에 나보다는 빨리 이 '다르다'에 적응할 수 있을 겁니다.

이 '다르다'라는 것을 먼저 극복해야 세상에 대한 사랑인 인류애를 가질 수 있습니다. 예를 들어 인종은 피부색이 무엇이냐에 따라 구분합니다. 백인이나 흑인이라고 분류하는 것도 바로 피부색입니다. 하지만 이 피부색을 구분한다는 것이 때로는 인종차별로 이어집니다. 어른들이 사는 세대는 그렇습니다.

만약에 우리가 피부색을 선택할 수 있는 자유가 있다면 모를까 태어나면서 갖춰진 조건에 그런 차별을 한다는 것은 참 비인간적인 발상입니다. 피부색은 다르지만 다 같은 인간입니다. 가족을 꾸리고, 집에서 먹고 자고 사랑하는 것은 지구 어느 나라나 똑같습니다. 피부색이라는 다른 면이 인간으로 같은 면을 우리에게 보이지 않게 할 수도 있습니다. 피부색을 뛰어넘어 인간으로서의 면만 본다면 훨씬 그들을 쉽게 이해할 수 있습니다.

꿈꿀 수 있는 권리

나는 다큐멘터리 방송 피디로 전쟁 지역을 많이 다닙니다. 여러분들이 뉴스에서 많이 들어 본 이라크나 아프가니스탄, 에

티오피아나 팔레스타인 등등 분쟁이 있는 곳들을 많이 다녔습니다. 그렇다고 내가 '전쟁 전문'은 아닙니다. 내가 항상 쫓아다니며 찾는 이야기는 휴머니즘, 혹은 인류애입니다.

내가 전쟁 지역을 가는 이유는 그 어느 지역보다 전쟁 지역에 인류애가 필요하기 때문입니다. 아무리 다른 언어를 써도 그곳 사람들을 만나 보면 우리 한국과 별반 다를 것이 없습니다. 특히 그곳의 청소년들은 더욱 우리나라 청소년들과 다르지 않습니다. 아무리 전쟁이 났어도 청소년들은 꿈도 많고, 사춘기도 겪고, 공부도 하고 싶어 합니다.

취재하다가 만난 아이들이 마치 나의 아들 같아 "공부 열심히 하고 꿈을 잃지 말아요."라는 이야기를 자주 해 줍니다.

아프간에서 만난 슈럽이라는 아이는 겨우 열 살이었습니다. 슈럽은 껌 파는 아이입니다. 길거리에서 껌을 팔아 엄마와 여동생을 먹여 살립니다.

슈럽의 아버지는 탈레반 병사입니다. 겨울이 되면 아버지가 돌아오지만 봄이 되면 다시 어디론가 갑니다. 그러면 식구들은 먹고살 길이 막막해집니다. 할 수 없이 슈럽이 껌을 팔아

빵도 사고 이웃들의 도움으로 먹을 것을 구합니다.

그런 슈럽은 의사가 되는 것이 꿈입니다. 공부는 아프간 시민단체에서 하는 임시 학교를 다니며 하고 있습니다. 아프간의 상황을 볼 때 슈럽이 의사가 될 수 있는 길은 쉽지 않습니다. 하지만 슈럽은 의사가 되고 싶다고 당차게 말합니다. 아직 나이가 어려 뭘 몰라서 그러려니 해도 슈럽에게는 꿈이 있습니다. 물론 그 꿈이 이루어지려면 누군가의 도움이 필요할 것입니다.

중요한 것은 그들도 우리 청소년들처럼 꿈을 꾸는 아이들이라는 것입니다. 다시 말하면, 여러분들도 나중에 어떻게 되든 지금은 꿈을 많이 꾸고 키울 수 있는 권리가 있다는 겁니다. 아프간이든 한국이든 청소년들은 꿈을 꿀 수 있다는 자체만으로도 아름다운 나이입니다. 현실이 아무리 절망적이어도 슈럽처럼 꿈을 잃어버리지 않았으면 합니다.

아시다시피 전쟁 지역에서 사람 목숨은 파리 목숨입니다. 사람을 죽인다고 살인죄가 적용되는 것도 아닙니다. 누구 하나 죽이지 말라고 하는 사람도 없습니다. 죽고 죽이는 것이 일상입니다. 그래서 죽음에 무감각해집니다.

아침에 숙소에서 촬영을 나가다 보면 간밤에 죽은 시체들이 길가에 종종 보입니다. 그 시체가 누구인지, 왜 죽었는지 사람들은 굳이 알려고 하지도 않습니다. 하지만 그 시체는 살아 있을 때에는 누군가의 아버지이기도 했고 누군가의 아들이기도 했습니다.

그의 어머니나 가족들은 얼마나 가슴이 아플지 생각만 해도 가슴 한켠이 쓰립니다. 하지만 그곳 사람들은 온 나라가 전쟁으로 무너져 있다 보니 그런 남의 아픔을 생각할 처지들이 아닌가 봅니다. 그렇다고 그 가족의 아픔이 사라지는 것은 아닙니다. 그들이 한국에 사는 우리들과 다른 점은 없습니다. 자식이나 부모를 잃은 가족들의 슬픔은 피부색이 다르더라도, 혹은 전쟁 지역이라고 해도 다르지 않습니다. 바로 인간이기 때문입니다. 나와는 다른 조건을 가진 친구들을 이해할 수 없더라도 다 같은 인간이라는 생각을 가지면 쉽게 이해하고 다가설 수 있습니다.

2003년 이라크 바그다드에서 이라크 전쟁을 취재할 때입니다. 미국이 이라크와 전쟁을 일으켜 바그다드는 전쟁의 한복판에 있었습니다. 가게 문도 모두 닫았고 번화했던 바그다드 거리는 죽음의 도시가 되었습니다. 나는 그곳에서 취재를 하다가 우연히 오마르라는 열일곱 살 된 남학생을 만났습니다. 그는 앞으로 대학에 가서 영문학을 전공하고 싶어 하는 똑똑한 학생이었습니다. 영어도 제법 잘해서 나와 의사소통하는 데 문제가 없었습니다. 그래서 취재를 끝내고 호텔로 돌아오면 오마르를 불러 아랍어를 영어로 옮기는 번역을 맡겼습니다. 일을 똑부러지게 잘해서 정말 마음에 드는 친구였습니다.

그러던 어느 날 오마르가 내 노트북으로 작업을 하다가 노트북 속에 있던 나의 사진들을 보았나 봅니다. "아줌마, 한국의 학생들은 참 행복해 보여요."라고 부러운 듯 말했습니다. 우리 아들이 학교 행사에서 친구들과 찍은 사진을 보고 한 말입니다.

그래서 내가 왜 그렇게 생각하느냐고 다시 물으니 "얼굴이 다 행복한 얼굴이에요. 한국에는 전쟁이 없어서 아이들도 행복한가 봐요. 내가 이라크에 태어나고 싶어서 태어난 것은 아닌데 나는 이라크에서 이런 표정을 지으며 학교를 다녀 보질 못했어요. 나중에 다시 태어나면 한국에서 태어나고 싶어요."라고 말했습니다.

나는 "한국 학생들도 야간 자율학습에다 학원, 과외 공부까지 하느라 많이 힘들어한단다. 경쟁이 치열해서 대학 가려면 정말 열심히 공부해야 하거든." 하고 말해 주었습니다. 그러자 오마르는 "그렇게 힘들더라도 공부는 할 수 있잖아요. 이라크는 전쟁이 나서 학교 문을 아예 닫아 버렸어요. 그래서 저는 학교에도 못 가지요."라고 씁쓸하게 웃으며 말했습니다.

그로부터 한 달 뒤 갑자기 오마르가 연락이 되지 않았습니다. 나는 걱정이 되어 사람들에게 오마르의 안부를 물었습니다. 안타깝게도 오마르는 행방불명이 되었다가 일주일 만에 집 근처 강에서 시신으로 발견되었다고 했습니다. 그때는 전쟁이 한창이었으니 오마르도 어떤 불행한 일을 당한 것입니다. 그가 죽은 이유도 모르고 알려고 하는 사람들도 없었습니다.

나는 오마르의 장례식에 참석했습니다. 장례식은 보잘것없이 초라했습니다. 식구들끼리 모여 집에서 가까운 언덕에 시신을 묻은 게 다였습니다. 오마르의 엄마는 가슴을 치며 통곡을 했습니다. 밥도 먹지 않고 사나흘을 그렇게 통곡만 했다고 합니

다. 나를 붙잡고 "우리 아들이 하고 싶은 공부도 많았는데 이제
는 더 이상 공부를 할 수 없어요." 하며 울 때는 나도 함께 울었
습니다. 착하고 반듯했던 오마르의 얼굴이 생각나 한동안 너무
가슴이 아팠습니다. '다음 세상에서는 꼭 한국 학생으로 태어
나 야간 자율학습도 하고 학원가를 돌며 공부만 해라.' 하고 마
음속으로 빌어 주었습니다. 비록 이라크라는 나라에 태어나 겨
우 17년을 살다 간 오마르이지만 그에게 공부는 꿈이자 희망이
었습니다. 그 아이를 지켜 주지 못한 어른들의 책임이 무겁게만
느껴졌습니다.

노란 물통을 들고 강으로 가는 아이들

어른들은 아이들에게 너무도 가혹한 유산을 물려주기도 합
니다. 2010년 8월, 세계 최대 난민촌인 케냐 북부 다다브 난민
촌에서 만난 싱고는 겨우 여섯 살이었습니다. 취재를 하다가 우
연히 만난 싱고는 까만 얼굴에 미소가 무척이나 예뻐 천사 같다
는 생각이 드는 아이였습니다.

싱고가 세 살 때인 2007년 말, 케냐 대통령 선거 후 불거진 폭력 사태로 싱고가 살던 마을에 난리가 났습니다. 총알이 사방에서 날아다니고 싱고네 옆집 아저씨도 그 총에 맞아 죽었습니다. 급기야는 싱고네 집이 불에 타고 싱고네 가족의 목숨도 위태롭게 되었습니다. 아이들의 목숨을 구하기 위해 싱고의 부모님은 아이들을 데리고 난민촌으로 피난을 왔습니다. 당시 30만 명이 넘는 케냐 난민들이 폭력 사태를 피해 집을 떠났습니다. 이 피난민들 중 절반이 어린이들이었습니다.

싱고의 난민촌 생활은 힘들었습니다. 물이 부족해 난민촌 뙤약볕 아래서 사람들은 목이 타들어 갔습니다. 배고픔이 일상화되어 있어 하루 한 끼도 제대로 못 먹었습니다. 유엔에서 물과 식량을 공급했지만 난민촌에는 너무 많은 난민들이 물밀 듯이 몰려와 있어서 그것으로는 어림도 없었습니다. 유엔 직원들도 애가 타긴 마찬가지였습니다. 난민촌 천막 사이로 '내 아이가 죽어 간다'는 아이 엄마의 애절한 소리가 들리자 어느 유엔 직원이 자신이 먹던 물을 들고 가서 먹였습니다. 갓 돌이 지난 아이가 물 한 모금을 마시고서야 겨우 숨을 제대로 쉬었습니다.

난민촌에서는 하루에도 물 때문에 열 명 이상의 아이들이 죽어 갔습니다.

싱고가 아침에 일어나 제일 먼저 하는 일은 두 형과 함께 노란 물통을 들고 강가로 가서 물을 길어 오는 것이었습니다.

"물 때문에 친구들이 많이 죽었어요."

누가 알려 주지 않더라도 여섯 살의 싱고는 본능적으로 물을 길어 오지 않으면 가족들이 죽을 수도 있다는 것을 알고 있었습니다. 수도꼭지만 틀면 깨끗한 물이 펑펑 나오는 한국의 아이들은 굳이 알지 않아도 되는 사실인지도 모릅니다. 하지만 싱고는 그런 수도꼭지는 상상조차 해 본 적이 없습니다. 싱고가 간절히 원하는 것은 깨끗한 물과 굶주리지 않을 만큼의 식량뿐이었습니다.

아침마다 싱고처럼 노란 물통을 들고 가는 어린이들을 볼 수 있었습니다. 난민촌을 나와 한참을 걸어 도착한 강가에는 노란 물통을 든 아이들이 인산인해를 이루고 있었습니다. 서로 먼저 물을 뜨기 위해 아침부터 몰려든 것이었습니다.

하지만 가까이에서 보니 강물은 더럽고 냄새도 심했습니다.

그런 물을 먹으면 오히려 병에 걸릴 것 같아 만류하고 싶었지만 아이들은 그 물이라도 얻으려고 서로 싸웠습니다. 아이들뿐만 아니라 가축들도 뒤섞여 북새통을 이루었습니다.

물을 사이에 두고 아이들이 어른들과 싸우기도 했습니다. 그러다 갑자기 어떤 어른이 총을 들고 와서 아이들을 위협했습니다. 그래도 여의치 않자 강에다 총을 쏘았습니다. 겁에 질린 싱고와 다른 아이들이 그 어른에게 길을 터 주었습니다. 얼굴에 득의만만한 웃음을 띤 그 어른은 여유롭게 소에게 물을 먹이고 자신의 물통에 물을 채웠습니다.

싱고는 그런 어른을 바라보며 "나도 빨리 어른이 되고 싶어요. 그러면 나도 총 들고 물을 길을 수 있잖아요. 지금은 내가 너무 어려서 이렇게 당하기만 해요."라고 말했습니다.

싱고가 어른들에게 배운 것은 바로 그런 것입니다. 한 모금의 물을 마시기 위해 서로 죽이고 싸우는 모습을 배운 것입니다. 그래서 싱고가 자라 어른이 되더라도 이 난민촌의 비극은 계속 되풀이될 것입니다. 이것이 어른들이 싱고에게 준 유산입니다.

부모 세대에게 물려받고 싶은 유산

　여러분은 부모에게 어떤 유산을 받고 싶나요? 어떤 부모는 아파트를 물려줄 것이고 또 어떤 부모는 현금을 물려줄 수 있겠지요. 아마도 부모들은 대부분 좋은 유산을 물려주고자 할 겁니다. 하지만 싱고가 물려받은 유산은 총을 들고 누군가를 위협해서라도 본인의 목을 축이는 것이었습니다 어느 부모가 여러분에게 이런 유산을 물려주려고 할까요? 아마도 우리나라에는 그럴 부모가 단 한 명도 없을 겁니다.

　싱고의 부모도 전쟁이 없었더라면, 혹은 난민촌에 살지 않았더라면 싱고의 그런 생각이 잘못되었다고 할 것입니다. 싱고가 나에게 빨리 커서 총 들고 물을 긷겠다는 이야기를 하는 동안에도 싱고의 부모는 어떤 말도 하지 않고 아이를 대견하다는 듯이 바라보고 있었습니다. 싱고의 생각이 옳다고 생각하는 것 같았습니다. 싱고의 아버지도 싱고의 할아버지에게 그런 생각을 이어받은 듯했습니다. 이러니 그곳에 사는 사람들은 매일 총 들고 싸우고, 남의 것을 빼앗는 폭력을 대를 이어 물려주고 있는 것입니다. 나는 여러분과 내 아들에게 그런 유산을 절대로 물려주고 싶지 않습니다. 그래서 싱고와 케냐 난민촌 같은 이야기를 다큐멘터리로 만들어 보여 주고 싶은 것입니다.

　어른들이 살아온 세상은 먹고살기 바빴습니다. 그래서 지구 저편의 남의 나라 불행에 대해 관심을 가지지 못했습니다. 그렇기에 여러분에게 다른 세상에서 벌어지는 아픔에 대해 알려 주는 데 서툽니다. 하지만 여러분이 살고 있는 세상은 다릅니다. 세상이 매우 가까워졌습니다. 해외로 나가는 젊은이들도 많아지고 인터넷 덕분에 바깥세상에서 벌어지는 이야기가 실시간으로 전해집니다. 이제는 세상 돌아가는 이야기에 귀를 기울여야 국제 사회에서 살아남을 수 있습니다. 또한 직업도 다양해지고 해외에서도 취업을 많이 합니다. 만약 여러분이 커서 무역회사에 근무하다가 케냐 사람 바이어를 만난다고 가정해 봅시다. 물건을 파는 과정에서 여러분이 케냐에 대해 잘 안다면 그 바이어가 호감을 느낄 겁니다. 그래서 물건을 더 잘 팔 수도 있지요. 또 군인이 되어 해외 파병을 갈 수도 있고 유엔 같은 국제기구에서 일을 할 수도 있습니다. 이런 다양한 기회가 여러분에게 있습니다. 어른들과 여러분의 미래가 다른 것입니다. 이 미래를 기다리며 외국 사회의 '다름'에 대해 충분히 인지하고 새로운 환경에 적응할 수 있는 능력을 키워야 합니다.

그러려면 우선 지구 저편에서 고통 받는 사람들의 이야기에도 침묵하면 안 됩니다. 우리랑 상관없을 것 같지만 그들도 같은 시대에 지구라는 같은 공간에 살고 있는 우리의 이웃입니다. 이웃을 지켜 주고 아픔을 보듬어 주는 것, 그것이 앞으로 여러분이 살아갈 세상에서 갖추어야 하는 덕목입니다.

팔레스타인에 가면 집집마다 담벼락에 얼굴 초상화가 많이 붙어 있습니다. 그 초상화의 주인공들은 모두 자살 폭탄으로 죽은 사람들입니다. 이스라엘과 오랫동안 분쟁을 겪고 있는 팔레스타인 사람들은 억울함과 복수심으로 자살 폭탄을 터트립니다. 물론 이스라엘에게 항상 당하는 팔레스타인의 마음을 이해할 수 없는 것은 아니지만, 문제는 아이들이 어릴 때부터 이 자살 폭탄을 하는 사람들을 영웅으로 보고 자란다는 겁니다. 자살 폭탄을 하는 연령도 점점 어려집니다. 10대 청소년들이 자살 폭탄을 하는 경우도 있습니다.

나는 팔레스타인에서 청소년들에게 "자살 폭탄으로 죽은 사

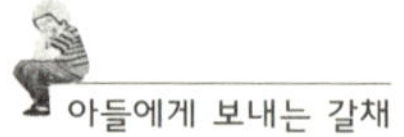

람들이 왜 너희에게 영웅이 된 거지?"라고 물었습니다. 한 아이가 나에게 이렇게 대답했습니다. "이스라엘에게 당한 우리의 상처가 너무 커서요. 그리고 다른 나라 사람들은 그런 우리의 심정을 모르잖아요. 우리가 폭탄이라도 터트려야 우리의 현실을 알아주기 때문이에요."라고 했습니다.

그러고 보니 우리는 신문 한 귀퉁이에 조그맣게 실리는 자살 폭탄 기사만 읽었습니다. 그들의 아픔에 대해 생각해 보지 못한 것이지요. 물론 자살 폭탄은 범죄나 마찬가지입니다. 하지만 그들은 그렇게라도 해서 자신들의 상황을 세상에 알리고 싶어 합니다. 우리가 조금만 그들에게 관심을 가져 준다면, 그들의 아픔에 귀를 기울여 준다면 자살 폭탄으로 목숨을 버리는 청년을 한 명이라도 막을 수 있지 않을까 생각합니다. 그것이 인류애입니다. 우리랑 피부색이 다르고 나라가 다르더라도 그들의 아픔을 치유할 해결책을 같이 찾도록 노력하는 것입니다. 인간이 동물과 다른 점은 바로 이 인류애를 가지고 세상을 함께 살아간다는 것입니다.

여러분은 이 인류애를 실천하며 동시대를 같이 살아가는 홀륭한 세대가 될 것입니다. '나만 아니면 돼'라는 것은 예능 프로 그램에만 있는 것입니다. 여러분은 남의 일도 자신의 일처럼 같이 아파하고 더불어 행복한 세대가 될 것입니다.

제가 이렇게 굳게 믿는 이유는 바로 여러분이 '배운 사람'들이기 때문입니다. 공부는 학교에서만 하는 것이 아닙니다. 신문이나 방송, 혹은 인터넷상에서도 할 수 있습니다. 여러분은 그 어느 세대보다 정보에 빠른 세대이고, 그런 정보를 습득하는 '배운 사람'들입니다. 더 이상 우물 안 개구리가 아니라 푸른 들판을 마음껏 뛰어다니는 새로운 세대입니다.

어른들이 극복하지 못한 세상의 온갖 부조리와 싸우고 이겨낼 수 있는 힘이 여러분에게 있습니다. 비록 어른들은 전쟁을 일으키고 돈에 눈이 멀어 약자들을 괴롭혔지만 이런 유산은 절대 물려받아서는 안 됩니다.

내가 여러분에게 물려주고 싶은 유산은 다큐멘터리를 통해서 인류애를 배울 수 있는 기회를 주는 것입니다. 그래서 나는 지금도 전쟁터나 난민촌에서 여러분의 훗날 친구들을 만나고 있습니다. 나의 아들과 여러분에게 이 유산을 물려주기 위해 최선을 다하는 다큐멘터리 피디가 되고 싶습니다.

여러분도 세상의 '다름'을 극복하고 인류애를 실천하는 이 유산을 여러분의 다음 세대에 꼭 물려주기 바랍니다.

넓은 세상이
너의 학교란다

남난희

남난희 _ 경북 울진에서 태어나 1981년 한국등산학교를 수료했다. 유난히 눈이 많이 오던 1984년 1월 1일부터 국내 최초로 76일 동안 백두대간 단독 종주에 성공하여 산악계의 샛별이 되었다. 뿐만 아니라 여성 세계 최초로 해발 7,455미터 높이의 히말라야의 강가푸르나 봉에 올라 세상을 놀라게 했다. 그 뒤 '금녀의 벽'으로 불리던 350미터의 국내 최장 설악산 토왕성 빙벽 폭포를 두 차례나 등반해 많은 사람들로부터 찬사를 받았다. 1994년부터 지리산에 내려와 살다가, 2000년 강원도 정선에서 일반인을 위한 자연 생태 학습의 장인 '정선자연학교'를 세워 교장을 맡았다. 그러다 2002년 여름 태풍 루사가 온 나라를 휩쓰는 바람에 그동안 피땀 흘려 이룬 모든 것을 잃고 나서 아들과 함께 다시 지리산으로 들어가 직접 찻잎을 따고 덖은 녹차와 된장을 만들어 생활을 유지하고 있다. 지리산의 바람과 햇살을 받아 알맞게 익은 된장은 맛 좋기로 소문이 나 있다. 저서로는 엄마와 아들이 함께한 57일의 백두대간 등산 에세이 『사랑해서 함께한 백두대간』과 백두대간 단독 종주의 기록 에세이 『하얀 능선에 서면』, 산문집 『낮은 산이 낫다』 등이 있다.

넓은 세상이 너의 학교란다

무게 3.3kg, 길이 33cm. 무슨 숫자냐고? 바로 네가 태어났을 때 너의 몸무게와 너의 몸길이란다.

17년 전이었지. 유난히도 더웠던 그해 여름 너는 세상에 나오자마자 까만 얼굴로 한쪽 눈만 뜨고는 앙, 앙, 앙, 앙, 앙, 그렇게 다섯 번을 울었단다.

그것이 너와 나의 세상 밖에서의 첫 만남이었어.

우리의 만남을 연 너의 울음소리는 세상을 향해 너의 존재를 고하는 일이었겠고, 좁은 터널을 빠져나오느라 고생한 것에 대한 안도의 숨이었는지도 몰라. 탯줄이 아닌 그 입으로 무언가를 직접 먹어야 하는 것을 고하는 의식이 아니었나 싶기도 하다.

세월이 흘러 너는 혼자 면사무소에 가서 주민등록증을 만들어 와서는 약간 자랑스럽게, 약간 겸연쩍게 보여 주었지. 너의 주민등록증을 보며 기분이 묘했다.

애가 벌써 이렇게 자라서 어른이 되는구나 하는 감개무량함과, '아직도 애기 같은데 벌써?' 라는 안쓰러움과, 앞으로 살아갈 날들에 대한 염려 등으로 말로는 축하한다고 했지만 실제로는 그런 마음이 쉽게 들지 않더구나.

나한테 처음 주민등록증이 나왔을 때 어떤 마음이었는지를 생각해 보니 잘 기억이 나지는 않지만 약간 들뜨고, 약간 대견하고, 약간 우쭐한 느낌이었던 것 같아. 그냥 어른이 되어 버린 듯도 했어.

너도 그랬겠지? 아마 기분이 묘했을 거야. 좋은 것 같기도 하고 그렇지 않은 것 같기도 했겠지. 어른으로 대접받고 싶었으려나?

아무튼 축하한다, 내 아들! 이번 여름 네가 혼자서 고졸 검정고시를 준비해서 시험을 치르고, 주민등록증을 만드는 동안 나는 여행 중이었지. 미국 대륙을 종단, 횡단하며 그곳의 국립공

원을 돌아보고 짬을 내서 산에도 오르며 참 많은 것을 느꼈다.

일단은 많이 부러웠다. 무척이나 풍요로운 땅이 넓게 펼쳐져 있었고, 그 무엇보다 자연 그대로의 모습을 간직하고 있는 자연 환경이 매우 부러웠다고 해야겠지.

최소한의 것 이외에 손대지 않은, 거의 자연에 가깝게 살짝만 손을 대거나 자연을 거스르지 않는 범위 내에서 길을 뚫거나 설치물을 만들어 두어서 참 보기에도 좋았고 마음이 따뜻했다. 솔직히 그 모든 것에 대한 부러움 때문에 괴로울 지경이었다. 어찌나 샘이 나던지 말이야.

그러면서 우리나라를 생각해 보니 우리나라 역시 참 대단하다는 생각이 들더구나. 이 작은 나라에서, 세계에서 유일하게 분단이 되어 있는 나라에서, 그것으로 인해 국방비로 엄청난 비용을 써야 하는 나라에서, 지금 이 지구별에서 경쟁하고 있는 어떤 분야에서나, 가령 IT, 선박, 자동차, 스포츠, 예술, 산악 등등의 분야에서 그 어느 것 하나 뒤지는 것이 없다는 사실에 새삼 놀랐다.

그동안은 몰랐지. 우리는 그냥 잘사는 줄만 알았지 그 정도인 줄은 몰랐어. 큰 세상에 가서 이것저것을 보며 비교하다 보니 비로소 그런 생각이 들더구나.

그래, 우리의 민족성은 참 대단한 것 같아. 무엇이나 마음만 먹으면 남들보다 더 악착같이 노력해서 이루고야 마는 악바리 기질이 있는 것 같다.

그래서인지 그곳의 자연은 부러웠지만 우리나라에 태어난 것이 나름 자랑스러웠단다. 그러면서도 그곳의 풍요로운 땅 일부만이라도 우리의 것이라면, 아니 풍요롭지 않은 땅이라도 우리의 것이라면 어떻게 했을까를 많이 생각했지.

아들아, 나는 이번 여행을 하며 다시 한 번 느낀 것이 있다. 사람에게는 넓은 세상을 만나는 것이 매우 중요하다는 것이지. 땅덩어리만 넓다고 결코 넓은 세상이라 말할 수는 없겠지만 이곳저곳 많은 곳을 다니며 가능하면 많은 것을 접하고, 배우고, 체험하고 익히면서 세상을 보는 안목을 키워야 한다고 생각해. 세상을 보는 눈이란 더 많이 보고, 더 많이 듣고, 더 많이 경험하며 그런 것들을 자기화하는 것이지.

내가 이번에 보니 아는 만큼 보인다는 말이 실감이 나더라.

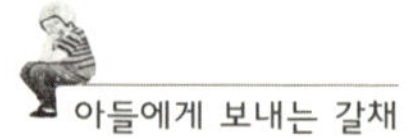

별로 알고 싶은 것이 많지 않은 나였지만 그 말에 실감을 했고, 더 모르는 것이 답답하고 안타까웠어.

내 아들을 비롯한 너희 또래들은 앞으로 많은 날들 동안 다양한 세상을 만나고, 또 자기가 선택한 분야에서 세상을 이끌어 가겠지? 그러려면 자기가 선택한 분야뿐만 아니라 더 많은 것들을 알아야 해. 그래서 넓은 세상이 필요한 것이고, 우물 안 개구리처럼 다른 세상을 보지 못한다면 그만큼 한계가 있을 거야.

어떤 분야에서 일을 하든 많은 것을 보고 느끼고 경험을 한다면 분명히 큰 도움이 될 거야.

너는 이미 네 또래에 비해서 색다른 경험(공부)이 많잖아. 물론 네가 색다른 경험(공부)을 할 동안 너의 친구들도 또 다른 경험(공부)을 했겠지.

너의 색다른 경험 중 하나는 너로서는 힘든 기억으로 남아 있는 백두대간 종주 등반이 아니겠니? 모르기는 해도 아마 우리 둘이서 두어 달 동안 산에서 먹고 자고 걸었던 백두대간 종주는 너에게 참으로 소중한 체험이 되어 앞으로 네가 살아가는 데 많은 보탬이 되리라 생각한다. 너는 네 친구들이 학교에서 공부할 때 온갖 살림살이를 등에 메고 백두대간을 걸으며 너만의 공부를 한 셈이잖아.

너도 알다시피 백두대간이란 우리 고유의 산줄기로 백두산에서 시작해서 계곡이나 강을 건너지 않고 산줄기로만 지리산 천왕봉까지 이어지는 큰 줄기를 말하지. 즉 백두대간은 우리 땅의 골간을 이루는 한반도의 등뼈이며, 이는 우리 땅 전체 남과 북이 하나의 대간으로 이어져 있음을 뜻하는 거야. 백두대간의 길이는 약 1,620km로 남한 쪽의 길이는 약 690km이며, 높이는 해발 100m에서 2,750m까지 다양하지. 대간에서 갈라져 나온 산줄기는 모두 열네 개인데, 1대간과 1정간, 그리고 13정맥으로 이루어져 있어. "산은 물을 넘지 못하고 물은 산을 건너지 못한다." 곧 산자 분수령(山自 分水嶺)이지.

가령 백두산을 나무 기둥이라고 한다면 우리나라 모든 산줄기는 나무뿌리라고 보면 돼. 아무리 작은 나무뿌리라고 할지라도 모두 연결되어 있고, 그 위에 나무 기둥이 있듯이 우리나라의 모든 산줄기 위에는 백두산이 있지. 이 땅의 산줄기가 모두 백두산과 통한다는 개념은 우리가 전통적으로 땅을 보는 인식의 바탕이라 할 수 있어. 그러나 일본이 조선을 지배하여 역사와 정신을 모조리 훼절하면서 백두대간의 개념은 사라지고, 산줄기를 다섯 토막 내 그들이 지은 이름인 마천령산맥, 함경산맥, 낭림산맥, 태백산맥, 소백산맥 같은 이름만이 공식적으로 남아 있단다.

그렇게 잊혀진 백두대간은 1980년대 후반 고지도 연구가 고 이우형 선생께서 '산경표' 를 발굴하여 옛 개념을 되살리면서 다시 세상에 나오게 되었지. 이후 일부 학계와 산악계에 알려지면서 백두대간에 대한 연구, 즉 인문, 지리, 생태, 환경, 지질, 광물, 지형, 문화, 역사 등을 각계에서 활발히 연구하는 한편, 산악계에서도 백두대간 종주를 통해서 이 땅을 제대로 알자는 열풍이 일어났단다.

이 땅에서 산을 좋아하는 사람이라면 누구나 백두대간 종주를 하고 싶어 하고 실제로 많은 사람들이 종주를 시도했지. 하지만 우리처럼 한꺼번에 이어서 종주를 하기에는 시간도 너무 많이 걸리고, 여러 가지 어려움이 많지. 무엇보다 무거운 짐과 물을 지고 다니고, 매일 막영을 하고, 직접 밥을 해 먹는 게 쉬운 일이겠니? 씻지 못하는 건 둘째치고 계속 길을 찾아야 하는 반복되는 일상과 누적되는 피로감으로 하루하루가 고생의 연속이다 보니 쉽게 도전할 수 있는 일은 아닌 거야. 더구나 사람도 별로 없는 산에서 수도 없이 자신과 싸워야 하는 것은 기본이고 함께하는 파트너와도 그때그때 닥친 상황에 따라 타협하거나 헤쳐 나가는 등 끊임없이 조율을 해야 하거든.

너는 정규학교를 가지 않은 대신 백두대간 학교에서 그 모든 것을 직접 체험하고 견뎌 냈지. 너는 아직도 기억에 생생할 거야. 산에서 만나는 어른들이 "학교는?" 하고 물었잖아. 그러면 나는 "산이 학교지요." 라고 대답했지.

대부분 사람들은 "산만 한 학교는 없지요." 하면서 수긍을 했지만 산이 왜 학교여야 하는지 모르는 고정관념에 사로잡힌 어른들도 있어서 네 마음이 많이 상했더랬지.

세상이란 그런 거야. 내가 좋다고 다른 사람도 다 좋은 것은 아니고, 또 완전히 좋기만 한 것도 없단다. 좋은 것이 있으면 그만큼 좋지 않은 것도 있다고 보면 돼. 가령 너는 백두대간을 종주하며 네 또래가 할 수 없는 소중한 체험을 한 대신 네 친구들이 하는 다른 공부나 일들을 할 수가 없었잖아. 그럴지라도 네가 백두대간 학교에서 온몸으로 부딪히고 온 마음으로 느낀 그 시간들은 네게 참으로 소중하고, 많은 힘이 되리라 믿는다.

내가 처음 백두대간을 함께하자고 했을 때 너는 별생각 없이 그러겠다고 했었지. 잘 몰랐으니까 그랬겠지. 며칠을 곰곰이 생각한 후에 이게 아니다 싶었던지 네가 다시 가고 싶지 않다고 했을 때는 이미 늦어 버렸지. 내가 벌써 일을 진행하고 있어서 너는 울며 겨자 먹기로 따라나서야 했는데 잔뜩 불만이었더랬지. 왜 아니겠니? 어느 날 갑자기 상상도 못해 본 무거운 짐을 메고 끝없이 산길을 오르내려야 했으니 말이다.

그렇게 우리는 단둘이서 두어 달 가까이 걸었다. 가도 가도 끝이 없는 길과, 수도 없는 오르막과 내리막의 산들이 원망스럽기도 했지. 너무나 힘겨워서 산이 자꾸만 뒤로 물러나거나 늘어나는 게 아닌가 하는 의심이 들 때도 있었고, 돌투성이의 길이 무척이나 지겹기도 했어. 또 수직의 암벽에 매달려서 오도 가도 못하고 벌벌 떨기도 했었지. 길을 잘못 들어서 엄청난 잡목 숲에 갇힌 적도 있었고, 심한 태풍 속에 산행을 강행했다가 감기

몸살에 체기까지 겹쳐서 고생한 적도 있었어. 한번은 바람 한 점 없는 산에 바람 소리가 나더니 갑자기 나타난 멧돼지 가족과 정면으로 마주치기도 했었지. 우리도 얼어붙고 그들도 얼어붙어서 한동안 숨소리조차 내지 못하고 서로를 마주 보았는데 다행히 그들이 먼저 등을 돌렸더랬지. 그들은 본능적 직감이 뛰어나서 우리에게 공격성이 없다는 것을 알았을 거야. 돌아갈 때 그들은 더 이상 바람 소리를 내지 않았다.

그 외에도 많은 산짐승을 직접 만나거나 스친 적이 있었어. 텐트 주변에서 나는 짐승 소리에 겁을 많이 먹었지만 네가 있어 위안이 되었고, 너는 내가 있어 무서움을 견딜 수 있었지.

어디 그것뿐이었겠니? 자신이 직접 몸을 움직이지 않으면 그 어떤 것도 할 수 없는 시간들, 즉 내가 직접 발을 옮겨야만 산행 거리가 줄어든다는 엄중한 현실을 깨달았지. 산행 기간 동안 사용하는 장비와 식량을 오로지 우리 둘이서 나누어 지고 걸어야 했고, 하루 일과가 끝날 때마다 녹초가 된 몸으로 물을 찾아야 했지. 가뭄이 심했던 탓에 물이 있다는 곳에는 번번이 물줄기 자국만 남아 있었고, 결국 우리는 하염없이 더 아래로 내려

가서 겨우 물을 찾아 떠 오기도 했잖아. 때로는 방울방울 떨어지는 물을 나뭇잎으로 고이게 한 뒤 몇 시간을 기다려서 받아 오기도 했지. 그러면 정말이지 밥이고 뭐고 다 생략하고 그만 텐트 치고 들어가 눕고 싶을 뿐이었어.

하루는 너무 힘들어서 옷을 갈아입지 않고 잤다가 그다음 날부터 얼마나 고생을 했니? 너는 온몸에 땀띠가 나서 배낭을 못 멜 지경이었지.

어떤 때는 능선 상에 물 구할 곳이 없다는 말에 물을 이틀 치나 지고 가야 했고, 세수는 고사하고 마실 물조차 아껴야 했기에 갈증으로 몸이 비틀릴 지경이 되기도 했지. 그러면서 우리는 물의 소중함을 새삼 알았잖아. 물이 없으면 절대 살 수 없다는 것. 그렇지만 실은 물이 그렇게 많이 필요하지 않다는 것도 함께 알았어. 각자 3리터의 물로 이틀을 견디며 평소 우리가 물을 지나치게 많이 쓰고 산다는 것을 알았지. 물 3리터는 집에서라면 아마 세수만 해도 부족한 양이었을 거야. 그렇게 우리는 물을 찾아야 했고, 받아야 했고, 지고 다녀야 했기 때문에 한 방울도 낭비할 수 없었고, 또 얼마만큼 아낄 수 있는지도 알아 갔지.

물뿐만 아니라 식량도 그랬어. 우리는 배낭 안에 있는 것 이외에는 그 어떤 것도 먹을 수 없었으며 배낭 안에 있는 것조차 계산된 양이라 먹고 싶다고 다 먹을 수는 없었어. 서로 내색하지 않았지만 배고픈 적도 많았지?

내가 저녁 먹고 난 뒤 다음 날 점심으로 고추장 김밥을 쌀 때 너는 이미 저녁식사를 한 뒤인데도 김밥을 보며 침을 삼켰지. 나는 가끔은 선심 쓰듯이 한 덩어리를 네 입에 넣어 주기도 했지만 대부분은 모른 척했어. 이제야 얘기지만 그럴 때면 몹시 마음이 아팠단다. 그렇지만 다음 날 점심을 먹을 때는 서로 더 먹으라고 실랑이를 하다가 결국은 나눠 먹기도 했잖아.

어쩌다 과일 한 알이 생겨도 아낄 만큼 아끼다가 꺼내 먹으면 그 맛이 어찌나 달콤하던지, 덥석 깨물어 먹기도 아까울 정도였어. 결국 남는 것은 꼭지와 씨앗뿐이었지.

요즘처럼 무엇이든지 넘쳐나는 풍요로운 세상에, 배를 곯은 경험이나 귀한 맛의 경험 등은 참 소중하다고 할 수 있지.

어느 때부터 내가 너를 의지하게 되었는지는 잘 모르겠지만 여하튼 어느 순간부터 내가 네게 의지하고 있더구나. 산행을 하

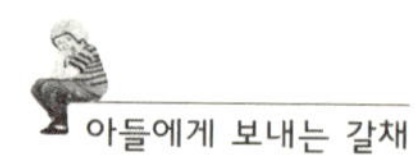

는 사람들은 알겠지만 아침에는 풀숲에 이슬이 많아서 앞서가는 사람은 이슬받이를 하느라 뒷사람보다 훨씬 더 많이 젖지. 그런데도 너는 말없이 앞장서서 기꺼이 이슬받이 역할을 하더구나.

비 온 다음 날도 마찬가지였어. 그러고는 뒤따라오는 내가 너보다 덜 젖은 것을 보며 자랑스러워했지. 그뿐 아니라 인적이 드문 산길에는 거미가 줄을 엄청 쳐 두는데, 앞서가는 사람은 거미줄에 걸려 몹시 성가시지. 몸이야 옷이 있으니 괜찮지만 거미줄이 얼굴, 특히 눈과 입에 척척 달라붙을 때면 몹시 불쾌하고 신경이 거슬리잖아. 그럴 때도 너는 내 앞에서 거미줄을 걷으며 나아갔지.

어느 아침 뱀이 쥐를 잡아먹다가 우리를 만나서 놀란 나머지 먹던 놈을 뱉고 줄행랑을 쳤을 때, 그 순간 기억나니? 그 뱀을 본 후부터 너는 앞장서서 가기를 꺼려했지. 넌 뱀이 쥐를 잡아먹는 것에 마음이 몹시 상했다고 했어. 나는 그것이 자연의 이치라고 설명했지. 우리가 먹어야 살 수 있듯이 이 세상의 모든 살아 있는 생명체는 무언가를 먹어야만 살 수 있고, 약육강식의 논리에 의해 이 세계가 돌아가고 있다고. 우리와 마주친 그 아침의 뱀은 쥐 무리 중 조금 느리거나 약한 놈을 잡았을 것이고, 그 행위가 개체수가 너무 많을지도 모르는 쥐들 세상의 균형을 맞춰 주는 것일 수도 있다고 설명을 덧붙였지. 어떻게 보면 뱀이 오히려 쥐들 세상을 도와주는 것일 수도 있다고 말이야. 쥐 또한 자기보다 약한 무엇인가를 잡아먹으면서 사는 것이 자연의 이치인 것이지. 동물 다큐멘터리를 보면 많이 나오잖아. 너는 그 현장을 직접 본 것뿐이야. 끔찍하기는 했지만 생생하기도 했어. 날파리 떼들이 얼굴 주변, 특히 눈 주변에서 앵앵 소리를 내며 날 때에는 그렇지 않아도 예민해져 있던 터라 신경이 더 곤두서 거의 미칠 지경이었지. 하루살이를 잡는다고 스스로 뺨을 때린 적도 얼마나 많았는지⋯. 그러다가 우리가 고안해 낸 아이디어는 정말 효과 만점이었지. 싸리나무 잎을 꺾어서 모자와 머리 사이에 끼우니까 걸을 때마다 나뭇잎이 흔들려서 하루살이들이 더 이상은 우리를 괴롭히지 않았잖아. 그 후로는 서로의 모습을 보며 낄낄대는 여유까지 생겼지. 아마 직접 경험해 보지 않은 사람은 하루살이들이 어느 정도로 성가신지도 모를 거야.

당연히 그것들을 쫓겠다고 난리법석을 떨지도 않을 것이고.

너 알지? 우리가 확인한 긍정의 힘 말이야. 너는 처음에는 매사에 부정적이었어. 저 산이 왜 저리 높은지, 저 길이 왜 저리 험한지, 짐이 왜 이리 무거운지, 날씨가 왜 이리 더운지, 잡목이 왜 이리 성가신지, 왜 이리 시끄러운지, 가려운지, 사람들이 왜 쳐다보는지, 왜 물이 시원하지 않은지…. 아주 불만 종합세트 같았어. 나로서는 그냥 안쓰럽게 너를 지켜볼밖에. 그때 내가 뭐라고 거들기라도 했어 봐. 보나마나 기분이 더 나빠져 불만이 빵 터졌겠지.

그래서 난 눈치를 보다가 네가 기분 좋아 보일 때 긍정에 대한 이야기를 조심스럽게 꺼내곤 했는데, 어느 때부터인가 고맙게도 네가 긍정적으로 사물을 대하더구나. 앞의 산이 높을 때는 저 산이 왜 저리 높은지 불평하는 대신 '지난번 그 산도 넘었는데, 뭐!' 하는 식이었어. 긍정적으로 말할 때 훨씬 힘이 덜 든다는 것을 알아 가는 것 같았지. 참 대견하고 기뻤어.

너는 힘들었던 기억 때문에 아직도 네 자신이 얼마나 대단한 일을 했는지 잘 모를 거야. 그렇지만 온몸으로 자연과 만나 교감하고 온 마음으로 자신과 만난 그 시간이 얼마나 소중했는지, 또한 그 모든 것이 참된 배움의 시간이었음을 차츰 알게 될 거라고 믿어.

더불어 자연의 모든 것, 산 , 나무, 바위, 돌, 풀, 꽃, 이끼, 숲, 곤충, 낙엽 그 자체만으로도 완성된 아름다움이 있다는 것을, 그리고 자연의 어느 것 하나 뜻 없이 만들어진 것은 없다는 사실도 깨달았을 거야.

너는 아침에 산이 깨어나는 것을 눈으로 직접 보았고, 산을 뚫고 떠오르는 붉은 불덩어리인 태양도 보았으며, 아침을 알리는 새의 부지런한 지저귐 소리, 짐승들의 움직임, 바람의 촉감 등을 직접 보고, 듣고, 느꼈지. 또한 일출 못지않게 장엄한 일몰도 숨죽이며 감상했고, 산이 저무는 모습도 보았어.

천상의 화원인 듯한 곱고 화려한 야생화의 세계도 보았고, 계절이 바뀌는 것도 머리가 아닌 몸과 마음으로 알아갔지. 오전에는 단풍 산을, 오후에는 낙엽 산을 걸으며 자연의 오묘함에 감탄을 하기도 했어.

밤하늘에 별이 엄청나게 많아서 새삼 놀라면서도 황홀해했

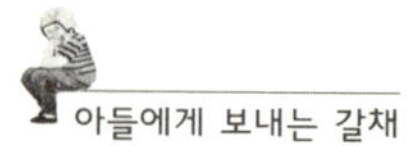

고, 초저녁의 초승달이 보름달이 되었다가 서서히 기울어 작은 낮달로 변하는 것을 두 번이나 보았지. 날씨가 점점 더 추워지며 밤이 길어진 대신 산행을 해야 할 낮 길이가 점점 짧아져서 초조해하기도 했지.

산행 중에 잠시 쉴 때나 점심을 먹을 때도 그늘을 찾는 대신 햇볕이 있는 양지를 찾아야 했어. 왜냐하면 산행을 할 때는 온몸이 땀으로 목욕을 한 듯 젖어 버려서 조금만 움직임을 멈추면 금방 추위가 몰려왔거든. 그래서 오래 쉬고 싶어도 그러질 못했잖아.

비 오는 날이 많아서 걸음이 더디기만 한데 북쪽 산에는 벌써 눈이 왔다고 해서 아직 여름 옷 차림이던 우리는 땅이 꺼질 듯 걱정을 했지. 물론 그런 와중에도 서릿발을 밟으며 땅이 부풀었다고 신기해했어. 그때 너의 소원 중 하나는 따뜻한 방에서 늘어지게 늦잠을 자는 것과 따뜻한 물에 몸을 담그는 것이었잖아. 실제로 어쩌다가 민가에 들어가거나 지원대가 와서 숙소에 갈 때 우리는 정말 행복해했어. 원 없이 씻고, 먹고, 땀 냄새에 찌든 빨래를 할 수 있었으니 말이야.

그러고 보니 우리의 산행을 지원해 준 고마운 사람들이 없었다면 과연 그 길고 힘든 과정을 다 할 수나 있었을까 싶다.

지면을 통해 나를 알았다며 산에서 처음 본 사람들이 지원을 아끼지 않았고, 백두대간이 지나가는 마을 어딘가에 식량과 물을 놓아두기도 했지. 백두대간을 간다는 소식을 미처 알리지 못하고 떠났는데 어쩌다 우연히 연락이 닿은 친구들은 그 소식을 듣자마자 먼 길을 마다 않고 불원천리 달려와서 이것저것 챙겨 주었을 뿐 아니라 더 해 줄 것이 없어서 안타까워했잖아. 참 고맙고 잊을 수 없는 사람들이지. 처음부터 도와준 사람들도 물론이고. 사람이 평소 잘 살면 어려울 때 아무 말 없이 도와준다는 것도 알았겠지?

너는 나를 사이비 교주라고까지 했지. 사이비 교주는 좀 그렇지만 친구 중에 자주 연락을 주고받지 않아도 필요할 때 주저 없이 도움을 주는 사람들이 많다는 것을 알고 그것이 신기해서 한 말이겠지? 고마움의 다른 표현이었을 수도 있고.

물론 좋은 일만 있었던 것은 아니었어. 어쩌면 우리는 싸운 날이 더 많지 않았을까? 매일매일 힘든 일들이 반복되는 일상

이다 보니 그것으로 인해 항상 신경이 곤두서 있고 자칫 아주 사
소한 것을 건드려도 각자 자기 나름으로 해석해 마음이 상해 버
렸지.

　참 많이도 싸웠다. 싸웠다는 표현보다는 서로 삐져서 상대에
게 상처를 주거나 반대로 상처를 받고는 했지. 어머니인 나로서
는 내 자식이 조금이라도 진지하고 늠름하게 행동했으면 싶었
고, 아들인 너는 어머니가 조금이라도 여유롭게 감싸 안아 주었
으면 싶었을 것이다. 주로 산행 초반에 그런 일들이 자주 벌어
졌지. 아주 사소한 것에 서로 마음이 상해서 너는 뒤처지고 나
는 씽씽 앞으로 내달리며 얼마나 서로를 원망하고 걱정하고 또
후회했던지…. 너는 그 순간들마다 산행을 그만두고 얼마나 내
려가고 싶었겠니. 아마 다음 도로를 만나면 내려가겠다고 수도
없이 다짐했을 거야. 덥석 따라나선 자신을 원망하면서 말이야.

　그렇지만 너는 내려가지 않았고 결국 우리는 어느 산마루에
서 다시 만나 화해하고, 서로를 조금씩 양보하며 한동안 평화를
찾았지. 그럴 때면 우리는 그 상황에 맞게 노래를 지어 부르기
도 하고, 말도 안 되는 동화를 엮기도 했어. 세상 사람들이 보면

약간 비현실적으로 보일 행동들을 우린 그때 아무 거리낌 없이 하며 낄낄대고 즐거워했지.

그것뿐 아니라 그동안 하지 않았던, 내가 미처 몰랐던 너의 이야기, 학교생활과 친구들과 그 공동체에서의 일들을 얘기했고, 나 또한 네가 미처 몰랐던 나의 살아온 이야기들을 하며 때로는 감동하고 때로는 놀라고 때로는 분개하며 서로를 알아갔어.

어떤 날은 너의 세계에 내가 들어가서 축구와 아이돌 연예인들을 오가며 하루 종일 정신없이 놀았고, 어떤 날은 네가 나의 세계에 들어와서 암벽을 올랐다가 빙벽을 올랐다가 히말라야를 갔다가 하면서 하루 종일 세상의 산들을 오르내렸지.

그러면서 너는 나의 지난날을 조금 알게 되었고, 완전히는 아니지만 약간은 이해도 하지 않았을까?

우리는 그렇게 두어 달 동안 볼 꼴 안 볼 꼴 다 보이며 참으로 적나라하고 인간적인 모습을 서로에게 다 드러내는 원초적인 시간을 보냈지. 그야말로 온갖 희로애락을 겪으며 때로는 행복했고 때로는 불행하게 느껴지기까지 한 시간이었어. 그런 순간을 반복하며 우린 한 가지 중요한 점을 깨달았지.

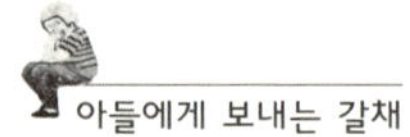

산에서 어떤 불행한 일을 겪더라도 나는 네 어미고 너는 내 아들이니까 무슨 일이 생겨도, 어떤 일이 일어나도 결국은 용서가 되고 이해해야 하는, 결국은 사랑할 수밖에 없는 관계라는 것이었어.

가끔 쉬어 갈 때 네가 그 긴 팔과 다리를 흔들어 춤을 추면서 내게 어리광을 부리면 내가 얼마나 행복했는지 너는 아니?

백두대간 종주 등반을 하는 동안 너는 내게 참 많은 것을 느끼게 해 주었고, 너 또한 아마 무엇과도 바꿀 수 없는 값진 선물을 받았을 것이라고 생각한다.

내 아들! 백두대간 종주가 끝나고 너는 또 다른 너의 세상 보기 공부를 하기 위해 먼 길을 떠났지.

멀고 먼 네팔 땅에서 그곳 사람들에게 네가 아직 알지 못하는 무엇인가를 배우고, 너는 그들에게 네가 알고 있는 무엇인가를 가르치며 세상 공부를 했을 거야. 그 시간도 참 소중하고 멋진 경험이야. 너는 그곳에서 생활하며 많은 것을 느꼈을 거야. 그 나라는 지난날 우리나라에 식량 지원까지 했고, 한국전쟁 때 참전 용사까지 파병한 나라였는데, 왜 지금은 세계 최대 빈민국이 되었는지, 그곳 국민들이 요즘 우리나라에 왜 오고 싶어 하는지, 그들이 우리나라에 와서 어떤 대우를 받는지를 생각해 보았을 거야. 또한 네팔 국민들이 어떻게 해야만 우리나라에 올 수 있는지도 봐서 알 거야.

세상이란 그런 거야. 내가 힘이 있어야 해. 힘이란 곧 앎인데, 앎이라는 것은 꼭 지식 공부만 잘해서 되는 것이 아니란다. 많은 체험을 통해서 얻어지는 앎도 지식 공부 못지않단다.

너는 그동안 네 또래들에 비해서 지식 공부는 많이 부족하지만 그들이 겪어 보지 못한 귀중한 체험을 참 많이 했다고 생각한다. 그것을 바탕으로 너만의 길을 열어서 너다운 방향으로 너의 인생의 여행을 멋지게 하기 바란다.

마지막으로 너에게 하고 싶은 말은 그냥 이루어지는 것은 아무것도 없다는 것, 살다 보면 분명히 어려움에 직면하고 실패도 하게 된다는 것이다. 물론 실패도 과정이고. 실패 없는 성공은 결코 없어. 그러나 실패했다고 주저앉으면 아무것도 할 수 없어. 실패를 스승으로 생각해야 성공할 수 있단다. 그걸 꼭 기억하기 바란다.

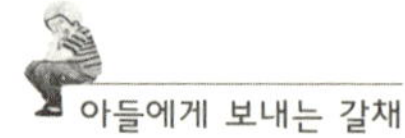

너는 그동안의 경험으로 네가 하고자 하는 것이 무엇이든 분명히 해낼 능력을 갖게 됐어. 나는 너를 믿는다. 그리고 나는 세상에서 네가 제일 좋아.

내 아들, 사랑한다!

함께
비를 맞으며

박경태

박경태 _ 한국 사회 안의 인종적 · 민족적 소수자인 이주 노동자 · 화교 · 혼혈인 연구를 통해 소수자 인권 문제를 주목해 온 학자이다. 연세대학교와 미국 텍사스주립대학교(오스틴)에서 사회학을 수학했으며 성공회대학교 사회과학부와 같은 대학 NGO 대학원 교수로 재직하고 있다. 미국 캘리포니아대학교(리버사이드)의 방문 연구원으로 일했으며, 현재는 캐나다 요크대학교(토론토) 방문 연구원으로 일하고 있으며 다문화주의와 디아스포라에 관한 연구를 진행하고 있다. 저서로는 『인권과 소수자 이야기』, 『인종주의』를 비롯해서 「소수자 차별의 사회적 원인」, 「국가의 억압과 소수자들의 대응」, 「화교, 우리 안의 감춰진 이웃」 등의 논문이 있다.

함께 비를 맞으며

 교육의 굴레 속에서

솔아! 엄마처럼 "어이, 아들!" 하고 부르려다가 왠지 좀 쑥스러운 것 같아서 그냥 평소처럼 불러 봤다. 난 지금 '너에게 보내는 갈채'를 쓰고 있단다. 그런데 막상 쓰려고 하니 갑자기 직업적인 한계가 느껴지는구나. 무슨 말이냐 하면, 내 직업이 학생들을 가르치고 글을 쓰는 것이다 보니 이 글도 공연히 가르치는 투, 훈계조가 될 것 같다는 불안감이 든다는 얘기란다. 제발 그러지 말아야지!

이 글을 쓰는 지금, 하필이면 넌 고3이구나. 대한민국에서 고3으로 산다는 것, 정말 누구나 겪는 일이지만 아무도 대신해 줄 수 없는 고통이지. 그래서 아무래도 이 글은 교육에 대한 얘기로 시작할 수밖에 없겠다. 첫째인 누나를 낳아 아버지가 된 이후로 자식을 '교육' 하기 시작한 지 벌써 20여 년, 거기다가 학교에서 학생들을 가르치기 시작한 것도 십수 년이 지났으니, 남들이 보면 내가 교육에 관해서 꽤 전문가일 거라고 생각할 것 같다. 그렇지만 요새 들어서 난 누가 누구를 가르치는 것에 대해서, 그러니까 교육에 대해서 여러 가지 생각이 오락가락한단다. 학생들을 처음 가르치기 시작했던 시절, 그땐 내가 열심히 가르치면 모든 게 다 잘될 거라고, 나의 가르침에 발맞춰 학생들도 내가 바라는 방향으로 변해 갈 것이라고 믿었던 것 같다. 그러나 너무도 당연한 얘기지만 그렇게 되지는 않더구나. 그런 학생도 있고 아닌 학생도 있었다는 얘기지.

내가 공부하는 사회학의 가르침에 따르면 누구나 일정한 사회화 과정(교육이나 양육도 그중의 일부겠지.)을 거치면서 사회가 원하는 성원으로 성장해 간다는 것인데, 간혹 그것보다는 원래 갖고 태어난 것에 의해서 많은 것이 결정되는 것 같기도 하더구나. 똑같이 키웠다고 생각하는데도 누나와 네가 많이 다른 걸

봐도 그런 생각이 들더라. 사회에서 배우는 게 아니라 이미 결정된 뭔가를 갖고 태어난다는 것은 일종의 생물학적 결정론이라 할 수 있겠는데, 만약 그렇다면 마침 내가 공부한 사회학과 네 엄마가 공부한 생물학 중에서 엄마 쪽이 이긴 셈이 되는지도 모르겠다, 하하.

학교라는 공식 교육기관이 가르치는 것이 무엇일까? 소위 '국영수'를 비롯해서 수많은 과목들을 가르치는 것이 교육의 겉모양이라면, 속으로는 우리 사회의 질서를, 그리고 그 질서에 순응하는 것을 가르치는 것이 아닐까? 그렇다면 그 질서란 무엇일까? 그리고 그 질서가 추구하는 것은 무엇일까? 정신지체 학생들을 위한 특수학교에서 일하시는 한 선생님이 하신 말씀이 기억나는구나. 그곳 초등학교 신입생 아이들은 운동회 때 달리기 시합이 잘 되지 않는다고 하시더라. 왜 달려야 하는지, 왜 빨리 달려야 하는지, 그리고 왜 1등으로 들어와야 하는지에 대한 개념이 없어서 그렇다는 것이지. 그러다가 학년이 올라가면서 아이들은 차츰 달리기 시작하고, 빨리 달리기 시작하고, 결국 1등을 다투게 된다고. 처음 입학할 때에는 경쟁이라는 개념 자체를 갖고 있지 않던 아이들이 학년이 올라가면서 점차 경쟁을 이해하게 되고 경쟁에서 이기려고 한다는 것이지. 학교 교육이라는 사회화 과정을 통해서 특수학교의 학생들이 우리 사회가 요구하는 가치를 충실하게 배우고 삶에서 실천하기 시작했다고나 할까.

그 선생님은 정신지체 학생들이 사회에서 살아가는 방법을 잘 배워 가고 있다는 것을 말씀하신 것이지만, 그리고 특수학교 선생님들이 얼마나 열심히 학생들을 가르치고 사랑하는지 잘 알고 있지만, 나는 그 말을 듣고 그 예가 한국의 모든 학교 교육이 추구하는 것을 적나라하게 보여 주는 것이라고 생각했다. 경쟁, 승리, 적자생존, 정글의 법칙 등이 바로 그것이겠지. 우월한 사람이 승리하고 열등한 사람은 패배한다는 우승열패(優勝劣敗) 식의 19세기 사회진화론에서 조금도 성장하지 못한 고리타분함이라니! 이런 가치에 바탕을 둔 교육은 자연스럽게 사회 전체로 퍼져 나가서, 오늘날 한국 사회는 서로가 승리하기 위해 모든 사람을 경쟁자로 보고 칼을 갈아야 하는 살벌한 격투기 무대가 되었다. 어쩌면 승리는커녕 단지 살아남기 위해, 그저 자

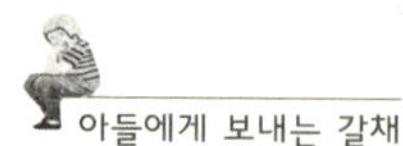

기가 낭떠러지에서 떨어지지 않기 위해 남을 밀어내야 하는 것인지도 모르겠다. "아무도 2등은 기억하지 않는다."는 어느 기업의 광고는 우리 사회의 모습을 너무도 정직하게 보여 줘서 오히려 화가 나기도 한다.

그런데, 그런데 말이다, 이런 살벌한 삶 속에서도 더 큰 어려움을 겪는 사람들이 있는 것 같다. 바로 사회의 주변부에 밀려나 있는 소수자들이다.

우리 안의 소수자들

솔아, 너도 알다시피 나는 사회학 중에서 인종·민족적 소수자와 관련된 공부를 하고 있단다. 여러 가지 주제가 있을 텐데 하필이면 왜 소수자를 연구 대상으로 삼았는지에 대해서 언젠가는 한 번 얘기를 해 주고 싶었다.

나는 대학을 마치고 나서 미국의 어느 도시로 대학원 공부를 하러 가게 되었는데, 박사 과정 공부를 하던 1992년에 LA 폭동이라는 엄청난 사건을 만나게 되었다. 비록 내가 살고 있던 도시는 아니었지만 그 사건은 내게 큰 충격을 주었단다.

아무래도 LA 폭동에 대해서 조금 더 얘기를 해야 되겠구나. 1991년 어느 날 LA 근교에서 네 명의 백인 경찰이 한 흑인을 검문하다가 너무나도 무자비하게 폭행을 한 사건이 있었는데, 마침 누군가가 그 장면을 녹화했고 그것이 언론에 전달되면서 세상에 알려지게 되었지. 그런데 1992년 4월 29일에 있었던 재판에서 그 백인 경찰의 구타 행위가 정당한 공무집행으로 인정되어서 그 백인 경찰이 무죄로 풀려났단다. 공정한 재판 결과를 기다려 왔던 흑인 사회는 이에 격분해서 폭동을 일으켰고, 여기에 남미계 사람들이 합류하면서 LA 도심은 6일 동안 무법천지가 되었다. 무려 53명이 사망하고 10억 달러, 그러니까 1조 원이 넘는 재산 피해가 발생했다. 결국 야간 통행금지가 선포되고, 국가방위군에 이어서 육군과 해병대까지 투입되고 나서야 폭동은 진압되었다. 세상에서 제일 문명국처럼 보이던 미국에서 일어난 일이었다.

문제는 한국 동포들이 밀집해 있는 코리아타운이 폭동의 최대 피해 지역에 속해 있었고, 따라서 피해의 상당 부분이 동포

들에게 가해졌다는 것이야. 이민을 와서 오랫동안 악착같이 일하면서 모은 돈으로 드디어 조그마한 가게를 장만해서 열심히 살고 있던 사람들이 약탈과 방화 때문에 졸지에 알거지가 되는 모습은 정말 가슴 아팠다. 나는 다른 유학생들보다 동포 어른들과 매우 친하게 지냈기 때문에 아마도 더 큰 충격을 받았던 것 같다. 그래서 매우 자연스럽게 '도대체 왜'라는 질문을 던지게 되었고, 결국 아예 한국계 및 아시아계 이민자들과 흑인들 사이의 갈등 문제를 전공하게 되면서 소수자를 연구하는 길에 들어서게 되었지.

공부를 마치고 귀국한 후에는 한국에 살고 있는 인종·민족적 소수자들에 대해서 공부를 하기 시작했다. 그래서 만난 사람들이 여러 나라에서 온 이주 노동자들, 대개 19세기 말과 20세기 초에 중국에서 이민 온 사람들의 후손인 화교들, 그리고 주한 미군을 아버지로 둔 혼혈인들이었다. 지금은 그나마 소수자에 대한 관심이 조금 늘어났지만, 10여 년 전만 하더라도 이 사람들에게 신경 쓰는 사람이 거의 없었단다. 비록 공부 때문에 만나기 시작한 것이기는 하지만, 그동안 나는 소수자들을 만나

오면서 참 많은 것들을 느끼고 배웠다.

그런데 솔직히 고백하자면, 나는 소수자와 관련된 공부를 시작할 때만 해도 많은 사람들이 그렇듯이 소수자들은 특이한 존재, 다수자와는 뭔가 다른 존재일 것이라는 가정을 하고 있었던 것 같다. 공부를 하는 목적도 두 집단 사이에 존재하는 차이점을 찾아서 그 차이가 별게 아님을 밝히고 싶은 마음에서 출발했으니, 어쨌든 차이가 있다고 가정했던 셈이다. 미국 사회에서 흑인과 백인이 사는 모습을 볼 때 두 집단은 무엇이 다른가에 대해서 관심을 갖고 바라봤고, 한국의 화교를 바라볼 때 한국 사람들과 뭐가 다를까를 보고 싶어 했고, 혼혈인을 만날 때 비혼혈인들과의 차이점이 무엇인지를 찾고 싶어 했다. 그런데 사람들을 만날수록 나는 차이점보다는 공통점이 더 많다는 걸 점점 깨닫게 된 것 같다. 이주 노동자가 본국에 있는 아들을 위해 고민 끝에 장만한 크리스마스 선물 꾸러미에서, 화교 청소년들이 한국의 아이돌 그룹에 열광하는 함성에서, 예순 살이 다 된 혼혈인이 힘들게 살아오다 이제 세상을 등진 친구를 위해 흘리는 눈물에서, 나는 그 사람들이 나와 뭐가 다른지 전혀 찾을 수가 없더구나.

　생각해 보면 다수자에 대해서 소수자가 갖는 차이점이라는 것은 정말로 사소한 것 같다. 먹고, 자고, 입고, 말하고, 모든 것들이 다 똑같은데도 불구하고 피부색이 '아주 조금' 다르다는 이유로 구별하고 차별하는 것이 과연 옳은 일인가. 중국말보다는 오히려 한국말이 더 능숙하고, 부모들도 모두 한국에서 태어났을 정도로 오래도록 우리의 일부가 되어 있던 사람들인데, 할아버지와 할머니가 100년 전에 중국에서 왔다는 이유로 차별하는 게 말이 되는 건가. 혼혈인 중에는 학교에서 선생님이 "야, 이거 영어로 해 봐. 얼굴은 그렇게 생겨서 영어를 왜 못하냐, 발음이 왜 그러느냐"고 놀린 것이 큰 상처로 남아 있는 경우도 있다. 태어나기도 전에 자기와 엄마를 버리고 미국으로 간 아버지가 유일하게 남겨 준 것은 '이국적인' 외모밖에 없고, 다른 모든 것들은 그야말로 한국식인데도 모든 판단의 기준은 외모가 되어야 하는 것인가.

　이런 질문을 던지며 시작했던 소수자 연구였는데, 불과 10여 년이 지나면서 이제는 어느덧 한국 사회에서 꽤 중요한 주제

가운데 하나가 되었구나. 예전에는 인종 문제를 공부한다고 하
면 한국 사회에서 별로 필요 없는 걸 공부한다는 식의 반응을 은
근히 보였는데, 그에 비하면 놀라운 변화겠지.

소수자의 눈으로 세상을 바라보기

솔아, 내가 미국에서 공부를 할 때 흑인들의 삶을 보고 가졌
던 생각이 하나 있단다. 백인이 중심이고 주류인 사회에서 비백
인으로 산다는 것은, 그중에서도 흑인으로 산다는 것은 참으로
힘들겠다는 생각이다. 비록 흑백 혼혈인인 오바마가 대통령이
될 수 있는 사회라고는 하지만, 미국에서 흑인으로 산다는 것은
여전히 범죄자임을 의심받고, 마약 거래상임을 의심받고, 대학
에 합격해도 흑인 우대 제도 덕에 들어왔을 거라고 의심받는 것
을 의미한다. 그렇다면 한국에서는? 아마도 미국의 상황과 크
게 다르지 않거나, 아니면 그저 무관심의 대상에 불과할 것 같
다. 동남아에서 온 이주 노동자들이 받는 대접은 미국의 흑인과
비슷할 것 같고, 화교나 혼혈인은 푸대접을 받다가 이제는 아예

무관심의 대상이 되어 버린 경우일 것 같다.

그런데 한 사회에서 소수자로 산다는 것은 불편함과 어려움만을 의미하는 것이 아니라 어쩌면 오히려 세상을 제대로 보는 시각을 갖는 것을 의미할지도 모르겠다. 내가 쓴 다른 글에도 인용을 한 내용이지만, 2001년 미국에서 있었던 9·11테러에 대한 보복으로 미국의 의회가 이라크에 대한 공격을 승인하던 때의 상황을 기억해 보자. 2002년 10월에 미국의 하원은 압도적인 비율인 69퍼센트로 '대이라크 군사행동 결의안'을 승인했고, 이에 따라 부시 대통령은 유엔 안전보장이사회의 결정과 상관없이 독자적으로 이라크를 공격했다. 하지만 당시 하원의원들 중 남미계 의원들의 결정은 달랐다. 남미계 의원의 무려 79퍼센트는 오히려 이 침략에 반대했다. 그들도 미국의 정치인이 분명한데도 전쟁을 지지하는 백인 정치인들과는 전혀 다른 견해임을 당당하게 밝혔다는 것, 나는 이것이 바로 소수자의 시각이라고 생각한다. 소수자는 다수자가 보지 못하는 그 무엇인가를 볼 수 있는 사람들, 주류와는 다른 시각으로 세상을 볼 수 있는 사람들, 그래서 우리가 흔히 잊고 사는 것들을 놓치지 않게 일깨워 주는 사람들이 아닌가 생각한다.

소수자에 관해서 한 가지 더 얘기할 것이 있다. 몇 년 전 한국의 이주 노동자 도입 제도가 바뀌면서 흔히 불법 체류자라고 불리는 미등록 이주 노동자들을 대대적으로 단속한 적이 있었다. 이 과정에서 여러 사람이 죽거나 다쳤는데, 정부의 무자비한 강제 단속에 항의하면서 이주 노동자들이 서울의 명동성당에서 농성을 벌이게 되었다.

이때 많은 사람들과 단체들이 격려 방문도 하고 농성에 동참하기도 했는데, 여기에는 동성애자나 트랜스젠더들을 포괄하는 성소수자 관련 단체의 활동가들도 지원을 하러 왔다. 이주 노동자와 동성애자, 생각해 보면 서로 아무 상관도 없는 사람들일 수 있겠지. 그래서 그런지 실제로 처음 만났을 땐 이주 노동자들이 동성애자들을 어색해했던 것 같다. 그러나 주류 사회로부터 배척당하고 구박받는 처지에 놓여 있는 소수자라는 공통점이 있어서 그런지 곧 서로에게 마음을 열고 힘을 실어 주게 되었다. 참, 그곳에는 성소수자뿐만 아니라 장애인들과 비정규직 노동자들도 함께했었다. 다들 차별과 소외의 아픔이라는 공통점을 가진 사람들이라 할 수 있겠지. 그래, 소수자는 자기가 아파 봤기 때문에 다른 사람의 아픔을 함께 느낄 수 있는 사람인 것 같다.

정리해 보면, 소수자는 다수자가 당연하게 여기는 것에 의문을 갖고, 다수자가 눈치채지 못하는 '사소한' 것을 세밀하게 느끼고, 다수자가 무시하는 아픔을 함께 보듬는 사람들이다. 사실 따지고 보면 우리 중의 매우 많은 사람들은 이런저런 의미에서 소수자가 아니겠니?

지구상의 절반의 사람인 여성들, 장애를 가진 사람들, 동성애자나 트랜스젠더 같은 성소수자들, 젊음을 찬양하는 세상에서 밀려나 있는 노인들, 소위 명문대를 나오지 못했거나 아예 대학을 안 다녔다는 이유로 불이익을 받는 사람들, 그리고 심지어는 뚱뚱한 사람들, 안 예쁜 사람들, 키 작은 사람들까지도 소수자에 속할 수 있겠다. 거기에다 가난한 사람들, 비정규직인 사람들과 같은 사회적 약자들도 크게 보면 소수자의 틀에 들어 있는 사람들이라고 볼 수 있겠지. 나는 우리 모두가 소수자의 시각을 가질 수 있다면, 아니 적어도 이해할 수 있다면 우리 사회의 많은 문제가 훨씬 부드럽고 따뜻하고 공정하게 풀릴 것으로 믿는다.

함께 맞는 비

솔아, 너도 잘 알고 있는 것처럼 내가 제일 존경하는 분은 나와 같은 학교에 계시는 신영복 선생님이란다. 선생님은 늘 따뜻하면서도 삶을 성찰하게 만드는 말씀으로 나를 비롯한 많은 사람들을 깨우쳐 주시는데, 서예에서도 기존의 틀을 넘어서는 새로운 지평을 여셨단다. 선생님이 자주 쓰시는 붓글씨 중에 '함께 맞는 비' 라는 작품이 있는데, 그 작품을 보면 크게 쓴 그 글씨 아래 작은 글씨로 이렇게 써 넣으셨단다.

"돕는다는 것은 우산을 들어 주는 것이 아니라 함께 비를 맞는 것입니다."

아, 이렇게 따뜻할 수가! 지금까지 내가 생각했던 도움은 우산을 들어 주는 것, 그러니까 뭔가를 대신해 주거나 제공해 주는 것이었던가 보다. 그러나 진정한 도움은 그게 아니라 함께

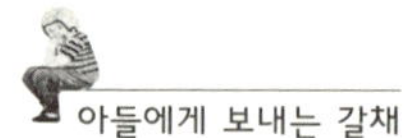

비를 맞는 것, 그 사람이 느끼는 것을 함께 느껴 보는 것이다.

그런 의미에서 나는 네가 함께 비를 맞는 사람, 그래서 소수자들이 안고 있는 문제들을 이해하고 품을 수 있는 사람이 되면 참 좋겠다. 다른 사람의 문제를 이해하고 품는다는 것은 그 사람의 아픔을 품는다는 것이겠고, 아픔을 품는다는 것은 아마도 그 아픔을 함께 느낀다는 것을 말하겠지. 아픔을 함께 느끼는 사람, 공감하는 사람, 그래서 함께 눈물을 흘릴 수 있는 사람. 그래, 바로 그것인가 보다, 함께 비를 맞고 함께 눈물을 흘릴 수 있는 사람! 말을 하고 보니 사소한 일에도 툭하면 눈물을 흘리는 나를 닮으라는 강요 같아서 공연히 쑥스럽구나. 뭐, 그런 의미에서 한 말은 아니고, 다만 소수자의 문제와 아픔을 외면하지 않고 공감하면 좋겠다는 얘기란다.

자, 이제 마무리를 해야겠구나. 솔아, 지금까지 한 얘기를 간단하게 요약하자면, 나는 네가 가슴이 따뜻한 사람으로 살아가면 참 좋겠다는 생각을 한다. 경쟁을 강요하는 세상이 서로를 밀쳐내라고 가르치더라도 넘어진 친구를 일으켜서 함께 걸어갈 수 있는 따뜻한 사람이 되려무나.

　마지막으로 신영복 선생님이 쓰신 글을 읽어 주며 마치고 싶다. 『감옥으로부터의 사색』에 나오기도 하고 붓글씨 작품으로 쓰시기도 한 구절이란다.

　　머리 좋은 것이 마음 좋은 것만 못하고
　　마음 좋은 것이 손 좋은 것만 못하고
　　손 좋은 것이 발 좋은 것만 못한 법입니다.
　　관찰보다는 애정이, 애정보다는 실천적 연대가,
　　실천적 연대보다는 입장의 동일함이 더욱 중요합니다.
　　입장의 동일함, 그것은 관계의 최고 형태입니다.

　한국적인 문화와 어울리지 않아서 그런지 아직 한 번도 해 주지 못한 말이지만, 오늘 꼭 하고 싶구나. 솔아, 사랑한다.

할아버지와 나, 그리고 너희의 시대

방현석

문학」에 단편 「내딛는 첫발은」을 발표하며 작품 활동을 시작하였고, 『새벽 출정』, 『또 하나의 선택』 등 1980년대 대표적인 문제작들을 내놓았다. 1991년에는 제9회 '신동엽창작기금'을 받았으며, 소설집 『내일을 여는 집』과 장편소설 『십 년간』, 산문집 『아름다운 저항』을 출간했다.

방현석_1961년 울산에서 태어나 중앙대학교 문예창작학과를 졸업했다. 1988년 「실천

할아버지와 나, 그리고 너희의 시대

지난달, 집에서 지낸 제사를 기억할 것이다. 나에게는 아버지, 너희에게는 할아버지의 제사였다. 벌써 네 번째 지내는 제사지. 어느새 우리 곁을 떠나신 지 4년이 넘었구나.

너희들도 눈치를 챘겠지만 할아버지가 돌아가신 뒤 차례를 지내면서 나는 진땀을 흘렸다. 그 모양인 나를 따라 제사를 지내는 너희들은 오죽 혼란스러웠겠니. 수십 년 지내 온 차례지만 난 한 번도 할아버지가 없는 제례를 생각해 본 적이 없었다. 늘 할아버지가 주재하는 제례에 너희와 다름없이 술을 따르고 넙죽넙죽 절을 했지. 할아버지가 큰 수술을 한 다음, 한 해 동안 내가 제사를 주재했지만 그때도 할아버지가 옆에서 예법을 일러 주셨다. 그때까지도 나는 할아버지가 없는 제례를 상상하지 못했던 거야.

할아버지가 돌아가신 다음 네 해, 해마다 설과 추석에 차례를 지내고, 증조할아버지와 증조할머니, 할아버지의 제사를 지냈지만 아직도 어딘가 어색하고 허술해. 할아버지의 빈자리는 나에게 여전한 셈이지.

돌아가신 조상의 은덕을 기억하고 세상 살아가는 마음을 새삼 가다듬는 일이 제사란 건 너희들도 알고 있을 거야. 지금도 떠오르는 내 어린 시절의 제삿날 풍경에서 빼놓을 수 없는 건 돌아가신 이에 대한 추억담이다. 그분의 한 생애를 돌아보고, 그분과 얽힌 인연을 추억하며 아픈 기억은 웃음으로 털어 내고, 아름다운 기억은 다시금 함께 나누는 날이 제삿날이었다. 그래서 제사는 내게 인생을 배우고 느끼는 자리였다.

내가 아주 어려서 잠깐 보았던 분이나 뵌 적도 없는 분들에 대한 얘기를 들으며 나는 그분들의 모습을 그려 보고, 그분들이 살았던 시대를 상상하곤 했다. 어떤 분들에게는 이런 아름다움

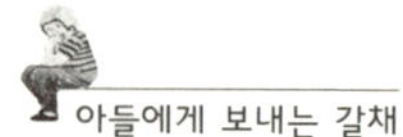

이 있었고, 다른 어떤 분들에게는 저런 멋이 있었다. 돌아가신 분들의 인생이 남겨 놓은 이야기의 향연이 제사였던 거야. 자정까지 제사를 기다리며 잠들지 않을 수 있었던 건 마르지 않는 이야기들 때문이었던 것 같아(물론 제사 음식을 먹기 위해서는 잠들지 말아야 했다.). 돌이켜보면 내가 소설가로서의 소양을 익힌 자리가 어쩌면 제삿날이 아니었을까 싶기도 하다. 어린 시절 제삿날 전해 들은 인물들의 유형은 내 머릿속에 각인되어 지금도 지워지지 않고 남아 있다.

내가 제사를 주재하며 너희들에게 참으로 미안하게 생각하는 것은 능숙하지 못함이 아니다. 이제 서울에서 제사를 지내면서 참석자는 우리 가족이 거의 전부다. 어쩌다 친척들이 참석하지만 함께 나눌 추억이 많지가 않다.

지난달 지낸 할아버지의 제사에서도 할아버지에 대한 이야기는 거의 하지 못한 것 같구나. 그건 앞선 세 번의 제사에서도 다르지 않았던 것 같다. 할아버지가 어떤 분이었는지 모른 채 하는 절이 너희에게는 얼마나 따분한 일이었겠니. 예법에 익숙하지 않아 제사를 진행하는 것마저 허둥대느라 할아버지에 얽힌 얘기를 할 여유가 없었던 것도 사실이다. 하지만 더 근본적으로는 내가 할아버지에 대해서 그리 많이 알지 못했기 때문이다.

사람들은 가까운 사람들에 대해 의외로 잘 모른다. 나도 그랬다. 나의 아버지인 너희의 할아버지에 대해서 나는 잘 안다고 생각했었다. 그러나 나는 할아버지가 세상을 떠날 무렵에야 할아버지에 대해 잘 알지 못하고, 알고 있다고 여긴 것들 중에서 잘못 알고 있는 것이 많다는 사실을 깨달았다.

나는 소설가라는 직업을 가진 만큼 여러 사람을 만났다. 조사와 연구, 인터뷰도 했다. 그러나 정작 내 아버지와는 길게 나눈 얘기가 없었다. 당신의 인생에 대해서 물었던 적도 없었다. 고백하자면, 나는 할아버지에 대한 애정과 미움을 함께 지니고 있었다. 당신은 정직하고 부지런한 분이었다. 그러나 가족에게 그리 따뜻한 분이 아니었다. 어머니에게는 특히 그러했다. 나는 그 때문에 당신의 인생에 대해 애써 외면하려고 했는지도 모르겠다.

내가 할아버지의 생애에 대해 처음으로 물었던 날이 2007년 8월 20일이었다. 할아버지의 병세가 돌이키기 어렵다는 사실을 받아들인 다음이었다. 왠지 할아버지에게 미안했다. 삶은 전복을 다져 입에 넣어 드리면서 당신의 생애가 외로웠다는 것을 느꼈다. 나는 처음으로 당신에게 물었고, 당신은 최악의 육체적 상황에서도 정신을 놓지 않고 기억을 되살렸다. 긴 녹취록이 있지만, 완전히 잠긴 할아버지의 얘기를 너희가 다 듣기는 괴롭고, 알아듣기도 어려울 것이다. 특히 대입 수학능력시험을 앞둔 둘째는 그럴 마음의 여유도 없을 것이다.

그렇지만 이야기를 시작한 김에 할아버지의 말씀을 들으며 메모해 뒀던 내용을 간략하게라도 정리해서 너희에게 들려주고 싶다. 특별한 얘기는 아니지만 너희 둘은 알아두어야 할 역사란 생각이 들어서야. 마음에 여유가 있을 때 이 이야기를 읽고, 내년 할아버지 제삿날에는 할아버지의 생애를 같이 생각했으면 좋겠다. 많지는 않겠지만 너희들도 할아버지에 대한 기억은 있을 것이다. 다음은 할아버지가 병석에서 남긴 이야기를 요약한 것이다.

*　*　*

　1927년 음력 2월 23일(양력 3월 16일) 울산시 북구 중산동 763번지에서 장남으로 태어났다(나도 1961년에 할아버지가 태어난 이 집에서 태어났다.). 위로 누이 둘이 있었고, 아래로 남동생 둘과 여동생 하나가 있었다.

　여덟 살 되던 해 10월 말에 온 가족이 만주로 이주했다. 먼저 만주로 이주해 간 외할아버지가 여기보다 살기 낫다고 해 아버지가 한 해 먼저 가 자리를 잡은 다음, 나머지 가족이 옮겨 갔다. 만주국 길림성 교하현(蛟河縣) 청바이촌(靑背村) 시팔바자드(西八家子)에 있는 만주 사람이 살던 집을 사서 목수였던 아버지가 직접 수리해서 입주했다.

　땅이 깡깡 얼고 바람이 매웠다. 가던 해 겨울 발에 동상이 걸렸다.

　큰누나 의생은 만주로 갈 때 열여섯 살이었는데 이듬해 함경도에서 온 사람과 혼인하였다. 그 뒤 둘째 누나는 경북 선산에서 온 사람과 혼인하였다. 그리고 그곳에서 여동생 하나와 남동

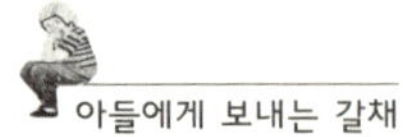

생 하나가 더 태어났다.

아홉 살 되던 해, 조선 사람 박정곤이 세우고 울진 사람이 교사로 있는 소학교에 입학해서 2학년까지 다녔다. 전교생이 50여 명이었고, 교재는 조선의 소학교와 동일했다.

열 살 때 '비적', '마적'으로 불리는 무리 100여 명이 동쪽 시내 쪽으로 습격해 오는 것을 서쪽 농민이 사는 언덕에 숨어서 지켜보았다. 그들이 학교 설립자 박정곤의 아들 박태우, 조카 박정우 등을 데리고 갔다는 것을 다음 날 알았다. 마적단은 박정곤에게 편지를 보내 추수하여 힘 닿는 대로 곡식을 가지고 오면 아들을 살려 보내겠다고 했다. 어른들이 곡식을 메고 30리 길을 갔다. 환영 차 나갔더니 정말 두 아이가 살아서 돌아왔다.

'비적'들은 일본에 대항했는데, 일본은 관동군 산하의 만주군 수비대를 대거 투입하여 소탕 작전을 벌였다. 일본군은 잡은 비적의 목을 따서 막대기에 꽂아 고목나무에 걸어 두었는데, 그걸 보고 지냈다.

우리 집은 40마지기 개간지를 사서 농사를 지었다. 땅을 사도 등기가 있는 것은 아니고 말뚝을 박아 '이것이 내 것이다' 하고 지어먹다가 남한테 또 파는 식이었다. 논둑을 만들어 물을 채우고 벼농사를 지었는데, 그때까지도 중국인들은 논농사를 할 줄 몰랐다.

4년 동안 농사를 지어 번 돈과 짓던 땅을 팔아서 마련한 돈을 가지고 고향으로 돌아왔다. 열두 살이었다. 집을 두고 갔는데 큰아버지가 팔아 버리고 없었다. 그나마 산사태가 나서 집 자체가 없어져 버린 상태였다. 그 집터를 도로 사서 집을 짓고, 산을 사서 개간을 하였다. 그 산자락에는 만주로 가기 전부터 소유하고 있었던 밭이 붙어 있었다.

울산농업학교를 나온 친척의 도움으로 한 학년을 건너뛰어 농소소학교 4학년에 편입했다.

소학교를 졸업하자 매일 청년훈련소에 나가 훈련을 받아야 했다. 학교마다 설치된 청년훈련소에는 일본인 군사 교관 한 명이 배치되어 16~19세까지의 소년들을 훈련시키고, 20세가 되면 징병을 했다. 집에서 밥을 먹고 훈련소로 매일 훈련 받으러 가는 것도 참을 수 없는 데다 나이가 들면 일본 군대에 들어가야 될 운명을 받아들일 수 없었다. 그래서 열여덟 살 때 만주에 있는 누나네로 도망쳤다.

만주에서 지금의 농협과 비슷한 성격을 지닌 흥농합작사에 시험을 쳐서 붙었고, 그곳에서 1년 반을 일했다. 이 시절에 가장 기억에 남는 일로는 일본 경찰에 잡혔던 일이다.

아버지가 편찮으시다고 외삼촌이 편지를 해서 경의선을 타고 왔다. 만주를 오갈 때는 보통 하얼빈으로 가서 남의 이름으로 표를 끊어 부산행 급행(히까리 – 번개)을 타고 다녔는데, 마침 표를 구할 수가 없어서 경원선을 타고 돌아가다 두만강 다리를 건너기 직전에 일본 경찰에 붙잡혔다.

다행히 구사일생으로 도주해서 만주로 가는 데 성공했다. 그때 같이 잡힌 사람들은 모두 일본군으로 끌려갔다.

그 시절 흥농합작사에서 함께 일한 사람 중에 강원도 원주군 소초면 장량리 사람 이강녕이 있었는데, 해방 후 그도 귀국해서 평창에서 경찰을 했다. 몇 차례 서신을 주고받다 연락이 끊긴 뒤로 생사를 모른다.

고향으로 다시 돌아온 것은 일본의 패전이 임박했다는 사실을 알고 나서였다. 1945년 음력 7월 7일 무렵이었다.

해방이 되었다. 두 해 뒤 혼인을 했다. 농사를 지으면서 목수 일을 배웠다. 아버지의 형제 네 분 중에 세 분이 목수였는데, 그 중 한 삼촌으로부터 일을 배웠다.

목수가 된 다음에는 남들보다 집을 두 배는 빨리 지을 만큼 열심히 했다. 집을 지을 때 집주인보다 더 부지런히 했기 때문에 사방에서 일감이 들어왔다.

해방 후의 격랑은 울산에도 몰아쳤다. 일제강점기에 대학을 나온 이천수, 이관술 등이 지도하는 울산의 공산주의 운동자들이 산에 아지트를 잡고 저녁마다 마을에 내려왔다. 가담을 권유했지만 가족의 생계를 책임져야 한다고 거절했다.

좌와 우, 개인도 마을도 살얼음판이었다. 한국전쟁 직전 경찰이 빨치산의 아지트를 습격해 네 명을 사살하였다. 그들의 아지트에서 보급품 제공자의 명단이 나왔다며 마을 사람 모두를 소환 조사했다. 협조 사실을 스스로 자백한 사람들은 모두 보도연맹에 가입케 했다. 거기에 가입한 사람들은 전쟁 중에 모두 사살되었다.

빨치산도 가만있지 않았다. 산에서 내려온 그들은 자신들이

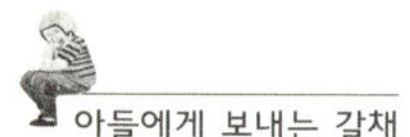

밀고자로 지목한 사람의 집을 찾아가 사살했다. 마을 청년들은 다 끌려 나가 곤욕을 치렀다.

한 발만 잘못 디디면 어느 쪽에서고 죽는 상황이었다.

한국전쟁이 일어났지만 북쪽은 안강, 서쪽은 밀양에서 전선이 형성되어 울산은 전화에 휘말리지 않았다. 군대 대신 전투경찰대에 입대하여 복무했다. 마을의 구장도 두 해 맡았다.

김구를 살해한 데다 친일파가 설치는 것을 보고 자유당에 정치적인 반감을 가졌다. 신익희가 만든 야당인 민주당에 참여, 직접 목재소에서 나무를 깎아다가 '민주당 울산군당' 간판을 만들어 걸었다. 그 후로 야당을 계속했다. 4·19혁명 뒤 야당은 신파(장면)와 구파(조병옥)가 치열한 대결을 벌였다. 명동 국립극장에서 열린 투표에서 울산의 대의원 10여 명이 모두 신파인 장면을 지지했는데 나만 구파의 조병옥에게 투표했다. 동료들이 비난했지만 나는 '조병옥이 낫다'는 소신을 굽히지 않았다. 뒷날 김영삼과 김대중이 대결했을 때도 경상도에서 드물게 김대중을 지지했다. 동료들로부터 위협을 당하기도 했지만 김대중이 낫다는 소신을 굽히지 않았다.

박정희 정권이 독재의 길로 들어선 10월 유신 선포 다음 날 민주당 사무실에 갔을 때는 동료들이 다 잡혀간 다음이었다. 시골에 살았던 덕분에 체포를 모면했다. 그때 잡혀간 동료 둘은 고문의 후유증에 시달리다 죽었다. 그 친구들을 생각하면 가슴이 아프다.

1970년대, 새마을운동으로 주택 개량 사업이 활발했다. 대목으로 집을 짓고 고치는 일을 하면서 기와 공장이 사업성이 있다는 판단을 했다. 공장을 짓고, 주물공장에 기와 형틀 등을 주문 제작했다. 그동안 대목 일을 하며 울산과 경주 인근에 집을 짓지 않은 마을이 거의 없었다. 그 과정에서 얻은 신뢰가 사업으로 이어졌다. 10여 년을 집 짓는 일과 공장 운영을 병행했다. 이때 번 돈으로 전답도 제법 마련했고, 야당의 활동도 지원했다.

***

할아버지가 어떤 시대를 어떻게 살다 가셨는지는 짐작할 수

있으리라 믿는다. 물론 이해가 되지 않는 부분도 있고, 의문스러운 부분도 있을 것이다. 그 미진함과 궁금함이 다음 할아버지 제삿날에는 우리의 이야깃거리가 되었으면 좋겠다.

나와 할아버지의 대화는 이틀 만에 중단되었다. 할아버지는 건강이 급격히 악화되어 2007년 9월 22일 세상을 떠나셨다.

할아버지가 돌아가시기 전에 너희에게 남긴 말이 있다. 그 후로 특별히 하신 말씀이 없으니 유언이라고 해도 무방하겠다.

"몇 년만 더 살아서 우리 손자들 다 대학까지 가는 것을 보았으면 좋았을 텐데, 그럴 수 없는 것 빼고는 아쉬운 것 없다. 신념대로 살았고, 살 만큼은 살아서 크게 후회할 것도 없다. 용기 있게 행동하되 신중하게 판단해야 한다. 나는 한순간의 판단에 인생이, 목숨이 오가는 것을 보며 살아왔다."

할아버지가 유일하게 아쉽다고 한 것이 너희들이 대학 가는 것을 못 본 것이었는데, 어느새 둘째가 대학 입시를 눈앞에 두게 되었구나.

이제 할머니마저 기력이 떨어져 서울로 올라오시는 바람에 할아버지 산소에 자주 찾아가 볼 이가 없다. 할아버지에게 기쁜 소식을 전할 수 있었으면 좋겠구나.

내일 아침 나는 할아버지가 살았던 만주에 간다. 할아버지는 너희 나이에 홀로 일제의 징병을 피해 만주에서 생활하셨다. 아주 짧은 일정이지만 겨울이 오고 있는 만주에서 할아버지가 느꼈던 추위와 막막함을 느껴 보려고 한다.

나는 몇 년 전부터 만주를 무대로 한 소설을 써 보려고 했다. 황량한 시대를 넓고 뜨겁게 살았던 사람들의 이야기를 해 보고 싶었다. 자료도 모으고 한 차례 답사도 다녀왔지. 그 답사 여행을 하면서도 나는 할아버지의 흔적을 찾아볼 생각은 하지 않았다. 할아버지보다 좀 더 특별한 사람들의 삶을 다뤄 보고 싶었기 때문이었겠지. 그러나 막상 집필을 시작하려니까, 무엇인가가 비었다는 느낌을 떨칠 수가 없었다.

내 핏속에 있는 만주를 버려 두고, 나의 바깥에서 만주를 찾고 그리려고 했던 것은 아닐까 하는 의문이 들었다.

내가 만주를 주요 무대로 한 소설을 쓰려고 한 동기 중에 하나는 '상상력의 확장'이었다. 할아버지의 세대는 궁핍한 식민지의 시대를 살았지만 삶도 상상력도 한반도에 국한되지 않았다. 세계화를 외치고 있는 오늘날보다도 이전 세대가 어떤 면에서는 훨씬 더 세상을 넓게 살았던 것인지도 모른다.

우리는 자신의 세대에 벌어지는 일만이 전부인 것처럼 착각할 때가 많다. 그러나 지금 이것만이 전부는 아니다. 지금 이것이야말로 낡은 것이 될 가장 확실한 대상이다.

내가 할아버지의 시대를 실감은 물론 상상력의 일부로도 받아들이는 게 쉽지 않았을 정도인데 너희에게는 오죽하겠니. 그러나 멀리 내다보려면 멀리 놀아볼 줄 알아야 한다.

너희들도 내가 태어나고 자란 마을의 뒷산에 있는 골프장을 보았을 것이다. 나는 어린 시절, 여름이면 그 산으로 소에게 풀을 뜯기러 다녔다. 지금 그곳에 골프를 치러 다니는 나의 친구들은 모두 지게를 지고 그 산으로 땔감을 하러 다니는 아이들이었다.

지금 세계는 또 한 번 거대한 변화를 예고하고 있다. 미국과 유럽이 주도한 세계 질서가 흔들리고 있다. 돌이킬 수 없는 변화의 징후들이 세계 도처에서 일어나고 있다. 이 불안한 시대의 징후를 감당해야 할 것은 다름 아닌 너희의 세대다. 너희가 살아가야 할 시대가 1퍼센트를 제외한 99퍼센트에게 불안과 공포로 다가가고 있다. 99퍼센트가 위기라면 나머지 1퍼센트도 위기가 아니라고 할 수 없다. 그 책임은 전적으로 우리 세대에게 있다. 그러나 불행하게도 그 감당은 우리가 아닌 너희의 세대가 해야 할 것이다.

할아버지가 너희 대학에 가는 것을 보고 싶어 했던 것은, 대학에 가면 최소한의 미래는 보장될 것이라고 믿었기 때문이다. 그러나 그것은 나의 시대에나 가능한 것이었다. 앞으로 대학이, 대학의 이름이 보장해 줄 수 있는 것은 아무것도 없다.

어쩌면 너희의 삶은 나의 시대가 아니라 할아버지의 시대와 더 비슷할 것이다. 격랑의 시대를 개인의 힘으로 개척해 나가야 한다는 점에서 그렇다. 안정된 미래도, 기댈 수 있는 집단도 없다.

너희는 어떻게 너희의 시대를 준비하고, 살아가야 할까. 이 세대가 줄 수 있는 대답은 마땅치 않다. 다만 한 가지, 시대와

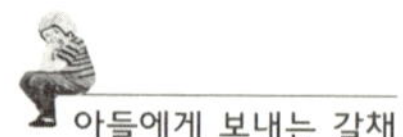

상관없이 자기 인생을 값있게 살아 낸 인간들의 이야기에는 분명 길이 있다.

제삿날에 내가 어른들로부터 들었던 것과 같은 인생을 너희에게 이야기해 줄 길은 없다. 그래도 다음 할아버지 제삿날에는 할아버지의 인생과 할아버지가 살았던 시대에 대해 더 많이 얘기할 수 있기를 바라는 마음으로 나는 만주 답사 여행을 떠난다.

아름다운 유산

서정홍

서정홍 _ 사람은 모름지기 자연 속에서 자연을 따라 자연의 한 부분으로 자연스럽게 살아
가는 것이 가장 좋은 삶이란 걸 깨닫고 생명을 살리는 농부가 되었다. 자연이 없는 교육은
죽음의 교육이고, 자연을 떠난 삶은 그 자체가 죽음이란 걸 알고 1996년 1월, '생명공동
체운동'에 첫발을 내디뎠으며 '우리밀살리기운동'과 '우리농촌살리기운동'을 함께 하면
서 '경남생태귀농학교'를 만들었다. 일본에서 생활협동조합운동과 쿠바에서 유기농업 공
부를 하고 돌아왔으며, 사람은 자연으로 돌아가서 제 손으로 농사지으며 밥상을 차려야 비
로소 아름답고 참된 목숨을 보전할 수 있다는 것을 공부를 하면 할수록 깊이 깨달았다.
2005년 1월, 여태 도시에서 하던 모든 일을 후배들한테 물려주고 황매산 기슭 작은 산골
마을에 흙집을 지었다. 그곳에서 농사를 지으며 '열매지기공동체'와 '강아지똥 학교'를
열어 이웃들과 그리고 아이들과 함께 배우고 깨달으며 살아가고 있다. 땀 흘려 일하면서
일하는 사람이 글을 써야 세상이 참되게 바뀐다는 걸 깨닫고, 글쓰기에도 힘을 기울여
1992년 제4회 '전태일문학상'과 2009년 제7회 '우리나라 좋은 동시문학상'을 받았다.
저서로는 시집 『58년 개띠』, 『아내에게 미안하다』, 『내가 가장 착해질 때』, 동시집 『윗몸
일으키기』, 『우리 집 밥상』, 『닳지 않는 손』, 자녀교육 이야기 『아무리 바빠도 아버지 노릇
은 해야지요』, 산문집 『농부 시인의 행복론』, 『부끄럽지 않은 밥상』을 냈다.

아름다운 유산

아들아, 사람으로 태어나서 누구나 꼭 해야 할 일이 뭐냐고 묻는다면 이 애비는 이렇게 대답할 것이다. 제 먹을 곡식을 제 손으로 농사지어 '부끄럽지 않은 밥상' 을 차리는 일이라고. 네가 며칠 전에 이 애비 마음을 알았는지 아니면 스스로 깨달았는지는 모르지만, '아버지처럼 농부가 되어 자유롭게 살고 싶다.' 는 말을 했을 때 속으로 얼마나 기뻤는지 모른다.

애비는 마흔여섯 해를 '보통 사람' 처럼 도시에서 살았다. 남이 주는 월급을 받으며 오직 먹고살기 위해 큰 기쁨과 보람도 없이 그럭저럭 살았지. 한 번 가면 다시 오지 못할 하루하루를 그렇게 살았다고 생각하니, 도시에서 살아온 지난 삶이 모두 부질 없다는 생각이 드는구나. 복잡한 도시에서 서로 속이고 서로 눈치 보며 서로 경쟁하면서 사는 것 자체가 자연과 사람에게 죄가 되는 줄 미처 모르고 살았단다.

아들아, 이 애비가 농부가 되고서야 잘못 살아온 지난 삶을 뼈저리게 뉘우치고 있단다. 자기 잘못을 스스로, 철저하게 인정하지 않고서야 어찌 흐린 세상을 한 치라도 바꿀 수 있으랴. 하늘과 땅이 하나이고, 자연과 사람이 하나이고, 삶과 죽음이 하나인데, 어느 하늘 아래 내 것이 있고 네 것이 있겠느냐. 누구나 구름처럼, 때론 바람처럼 잠시 머물다 갈 것인데, 내 것과 네 것을 따져서 무엇하랴. 사람은 살아서나 죽어서나 내 것이 없단다. 모두 우리 것이지.

못난 애비가 이런 생각을 하게 된 것은 1992년 무렵, 우연히 접한 신문 기사 몇 줄 때문이었단다. 기사는 지난 수십 년간 우리 밀밭이 사라져 시중에서 우리가 구할 수 있는 밀가루 제품들은 거의 수입 밀로 만들어진다는 내용이었어. 그런데 그 수입 밀이 농약과 방부제 범벅이라 벌레들마저 먹지 않는다고 했지.

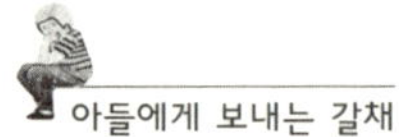

사실 그때까지만 해도 우리 식구들이 날마다 먹고 있는 곡식을 누가, 어떻게 생산하는지에 대해 별 관심이 없었어. 신문 기사를 읽고 난 뒤, 우리가 먹는 음식이 어떤 과정을 거쳐 입으로 들어오는지 알아야겠다는 생각이 들었다. 우리 목숨을 이어 주는 음식인데 누가, 어떤 마음으로, 어떻게 생산했는지 정도는 알아야 고마운 마음이 들지 않겠느냐. 그날 그 기사를 계기로 애비는 앞으로 농사를 짓거나, 농촌과 관련된 일을 해야겠다고 마음먹게 되었단다.

때마침 잘 알고 지내던 선배를 통해서, 애비는 '우리밀살리기운동 경남부산지역본부'에서 일하게 되었단다. 그 일이 바로 내가 애타게 찾던 일이란 것을 알게 되었고, 1996년 1월부터 10년 넘도록 '멋모르고' 돌아다녔지. 이른 아침부터 밤늦도록 농촌 마을을 다니면서 밀 종자를 나누어 주고, 재배 방법을 일러 주고, 애써 거두어들인 밀을 수매하여 가공품(통밀, 밀가루, 국수, 라면, 빵, 과자류)을 만드는 곳에 가져다주었단다. 그리고 우리 밀의 소중함을 알리기 위해 홍보물을 만들거나 '우리밀 밭 밟기'와 '우리밀 밀사리 문화한마당'과 같은 행사를 기획

하여 농민들과 도시 사람들이 한데 어울릴 수 있도록 애썼지.

　'우리밀살리기운동'을 하면서도 농약과 화학비료를 뿌려 대는 관행농법을 생명농법(친환경농법)으로 바꾸기 위해 마을마다 작은 생산 공동체를 만드는 일은 일상 활동으로 했던 가장 소중한 일이었다. 여기저기 생산 공동체가 꾸려지고 난 뒤, 그곳에서 생산한 농산물을 도시 생활인들과 직거래를 하기 위해 천주교회와 시민단체 도움을 받아 장터를 열거나 판매장을 만들기도 했단다.

　그러나 현장에서 일을 하다 보면 우리 밀을 심고 가꾸는 사람도, 생명농업을 실천하려고 애쓰는 사람도, 모두 늙은 농민들뿐이라 이 모든 활동을 오래도록 힘차게 이어 가려면 젊은 농부들이 있어야 한다는 생각이 들었어. 생산하는 농부가 없으면 직거래 장터나 판매장, 그리고 농민 운동가와 농업 박사가 무슨 소용이 있겠니. 그래서 한 살이라도 젊었을 때 나부터 시작해야겠다는 결심을 하고, 1999년 용기 하나만으로 산골 마을로 내려와 빈집을 수리하고 논밭을 빌려 농부가 되었어. 물론 반대하

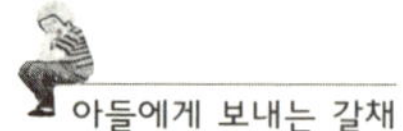

는 사람도 많았고 농부로 산다는 게 쉽지만은 않다는 걸 이미 알고도 있었다. 자본주의 사회에서 마음의 소리를 따라서 산다는 것이 얼마나 어려운 일인지, 그러나 얼마나 아름다운 일인지 농사지으며 온몸으로 깨달았어. 오래 묵은 산밭을 개간하다가 하루는 문득 해월 최시형 선생 말씀이 떠올랐단다.

"하늘은 사람에 의지하고 사람은 먹는 데 의지하나니 만사를 안다는 것은 밥 한 그릇을 먹는 이치를 아는 데 있나니라."

이 말씀은 도시에 살 때에도 여러 번 읽고 들었던 귀한 말씀이지. 그러나 농사지으며 다시 떠올려 보니, 도시에서 살았던 지난 삶이 더욱 부끄러워졌다. 위험하고 힘겨운 노동에 병들고 지친, 늙은 농부들이 목숨 걸고 농사지은 곡식을 새파랗게 젊은 내가 도시에서 아무 생각도 없이 돈 몇 푼으로 사서 목숨을 이어 왔으니 어찌 부끄럽지 않았겠느냐. 돈으로 밥상을 차리고, 돈으로 모든 것을 사고 먹고 마시고, 똥오줌이 황금보다 귀한 줄 모르고 함부로 수세식 변소에 버리며 살 때에는 몰랐단다. 그저 남한테 피해 주지 않고 열심히 사는 게 바른 삶인 줄 알았지. 밥상 앞에서 부끄러운 줄 모르고 살아온 것이다.

처음 농부로서 발자국을 떼었던 덕유산 기슭 우전 마을에서
도, 그리고 7년 전에 새로 옮겨 앉은 이곳 황매산 기슭 나무실
마을에서도, 도시에서는 일부러 찾아다녀도 찾을 수 없는 좋은
스승들을 많이 만났단다.

애비가 만난 스승은 모두 가진 것 없고 배운 것 없는 농부였
어. 농부들은 살림살이는 가난했지만 마음은 넉넉했으며, 몸은
고되어도 마음은 늘 여유로웠어. '농가 빚'에 시달리며 괴로워
하면서도 땅에 대한 믿음을 잃지 않았으며, 온갖 자연재해를 입
으면서도 희망을 버리지 않았어. 농부들은 머리로 배운 얄팍한
지식이 아니라, 온몸에 흐르는 '정직한 땀'으로 애비를 가르쳤
다. 그러니 스승 가운데서도 이보다 더 훌륭한 스승이 어디 있
겠느냐.

이런 평범한 진리를 이제라도 깨달았으니 얼마나 다행스러
운지 모른다. 이 애비는 그 깨달음을 통해, 어느 누구에게 간섭
을 받거나 잘 보이려고 마음에도 없는 말이나 몸짓 따위를 하지
않아도 당당하게 살 수 있는 농부가 되었지. 시끄러운 도시 시
멘트 건물 속에서 먹고살기 위해 그럭저럭 살아오던 때에 견주

면, 고요한 산골에서 새소리, 물소리 들으며 하루하루 기쁘게 살아가는 지금은 마치 천국 같다.

애비가 농부가 되었다는 소식을 듣고, 잘 알고 지내던 분이 명함을 만들어 선물하고 싶다고 했어. 그래서 앞쪽에 '농부 서정홍' 이라 쓰고 그 아래 주소와 전화번호를 넣어 달라고 부탁했더니 그분이 안타까운 눈빛으로 나를 보면서 말했단다.

"아니, 농부라 하지 말고 시인이라 하면 고상하고 멋있을 텐데 왜 농부라 하십니까?"

"하하하! 저는 농부가 더 좋은데요."

"농부라고 명함을 내밀면 누가 알아주지도 않을 테지만, 시인이라고 명함을 내밀면 그래도…."

"저는 알아주라고 농사짓거나 시를 쓰는 게 아닙니다. 누가 알아준다고 내 삶이 넉넉해지고 누가 알아주지 않는다고 내 삶이 초라해지는 것은 아닙니다. 그저 '나' 는 '나' 입니다. 누구한테 잘 보여 승진할 일도 없고…. 농부는 사람한테 잘 보이는 것보다, 햇빛과 비를 내려 주시는 하늘한테 잘 보여야 살아갈 수 있습니다."

"……."

"그리고 저는 시를 전문으로 쓰는 사람이 아닙니다. 이웃들과 논밭에서 땀 흘려 일하면서 틈틈이 시를 쓰지요. 저는 재주가 없어서 그런지 시만 써서는 밥을 먹고 살 수 없는 처지입니다. 또 시를 잘 써서 밥을 먹고 살 수 있다 해도, 땀 흘려 일하지 않고 먹고 놀면서 쓴 시가 어찌 세상을 아름답게 가꿀 수 있겠습니까? 사람들이 저를 시인이라 부르지 말고 농부라 불러 주면 좋겠습니다. 농부라 말하기엔 아직 어설프지만 말입니다."

"미안합니다, 그런 뜻이 있는 줄도 모르고. 그러면 농부 시인이라 하면 어떨까요?"

"이웃 마을에 사는 농부 정상평 씨는 별을 노래하는 아버지를 농부(農夫)라 하더군요. 그 말을 듣고 보니 농부가 시인이고, 시인이 농부라는 생각이 들더군요. 그러니 그냥 농부라고만 적어 주시기 바랍니다."

명함을 만들어 선물하고 싶다는 그분과 나누었던 이야기란다. 세상 사람들이 얼마나 농부를 하찮게 여겼으면 이런 이야기

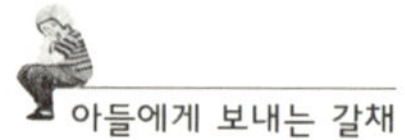

밖에 주고받지 못할까 싶어 마음이 아팠단다. 그러고 보니 이 애비가 농부가 된 지 벌써 일곱 해가 지났구나. 참 많은 사람이 이 애비가 사는 산골 마을에 다녀갔단다. 도시에서 마음 편하게 밥 먹을 틈도 없이 바쁜 사람들이 멀고도 먼 산골 마을까지 왜 왔을까? 시인이 농사짓고 산다니까? 아니면 시인을 만나기 위해서? 그것도 아니면 어찌 사는지 궁금해서? 찾아온 마음은 다르겠지만, 만일 애비가 산골 마을에서 농사짓고 살지 않았다면 누가 찾아오겠느냐. 아무런 기대나 조건 없이 사람을 기다려 주고, 아무런 거짓도 꾸밈도 없는 너른 자연이 있으니 찾아오는 것이지. 이 애비가 도시에 살면서 시를 썼다면 누가 찾아오겠느냐. 가끔 심심한 술자리라도 생기면 나를 불러 주었겠지만.

아들아, 오늘 낮엔 한글도 잘 모르는 동박골 할머니와 정자 나무에 앉아 이런저런 이야기를 나누었단다.

"할머니, 지금부터 문제 몇 가지 낼 테니 알아맞혀 보시겠습니까? 할머니는 농촌과 도시 가운데 어느 쪽이 더 소중하다고 생각하십니까?"

"그걸 말이라고 하노. 당연히 농촌이 더 소중하지. 농촌이 없으모 머 묵고살 끼고. 사람이 묵어야 살 꺼 아이가."

"할머니, 그럼 논밭이 소중합니까? 아스팔트 도로가 소중합니까?"

"머라카노. 논밭이 있어야 땅을 갈아 씨를 뿌리지. 아스팔트 도로는 없어도 쬐금 불편할 따름이지, 사람이 살 수는 있다 아이가. 옛날에는 아스팔트 도로가 오데 있었노. 그거 없어도 여태 살았는데."

"할머니, 그럼 농부 한 사람과 의사 백 사람 가운데 어느 쪽이 더 소중하다고 생각하십니까?"

"병들모 당연히 치료하는 의사가 필요하지. 의사는 병을 예방하는 사람이 아니고 치료하는 사람 아이가. 그런데 농부는 농사를 지어 사람이 병들지 않도록 예방하는 사람 아이가. 그라이 농부 한 사람이 더 소중하지. 그라고 농부는 돈벌이는 안 되지만 농사지어 여러 사람 멕여 살리잖아. 의사처럼 독한 약이나 주사 놓아 주고 돈 잘 벌지는 못해도 말이야."

"할머니, 그럼 농부 한 사람과 학교 교사 백 사람 가운데 어

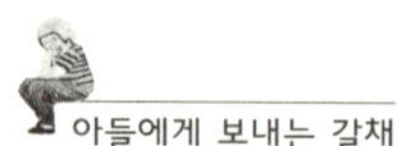

느 쪽이 더 소중합니까?"

"이 사람아, 글 몰라도 여태 농사짓고 묵고사는 데 아무 문제가 없어야. 돈벌이 안 되고 힘들다고 아무도 농부 안 될라 카모 교사는 뭐 묵고살 끼고. 다 묵고살자고 하는 짓이잖아."

"할머니, 죄 안 짓고 사는 농부 한 사람과 판검사 천 사람 가운데 어느 쪽이 더 소중합니까?"

"그걸 질문이라고 하노. 사람이 죄 안 짓고 살모 판검사가 무신 소용이 있노. 다 필요 없는 거 아이가."

"할머니는 세상이 지금 바로 돌아간다고 생각하십니까? 아니면 거꾸로 돌아간다고 생각하십니까?"

"시상이 바로 돌아갔으모 이래 째 빠지게 일하는 농부가 이 꼴로 살겠나?"

아들아, 산골 마을에서 아흔 해 내내 농사만 지으며 사신, 한 글조차 모르시는 동박골 할머니도 다 안단다. 세상이 거꾸로 돌아가고 있다는 것을 말이다. 많이 배워 똑똑하고 잘난 척하는 도시 사람들한테 이렇게 똑같은 질문을 한다면, 어떤 대답을 들을 수 있을까? 할머니와 비슷한 대답을 들을 수 있을까? 아무리 생각해 봐도 아닐 거라는 생각이 드는구나.

스스로 땀 흘려 일하고 정직하게 살 생각은 않고, 서로 돈 많이 벌어 떵떵거리며 살겠다고 야단법석을 떨고 있지. 텔레비전 뉴스, 신문 기사, 잡지를 장식한 온통 더럽고 치사한 어른들의 모습을 너도 자주 보았겠지. 더구나 농촌에서나 도시에서나 땀 흘려 일하고 정직하게 살고 있는 사람들이 스스로를 낮추어 보고, 몸으로 일하지 않고 머리만 굴리며 살아가는 사람을 우러러 보고 있으니 어찌 안타깝지 않겠느냐. 이런 현상이 바로 세상이 거꾸로 돌아가고 있다는 증거란다.

도시에 사는 자식들이 못 쓰는 물건처럼 두고 간 병든 할머니와 할아버지들, 농사지을 사람이 없어 묵혀 둔 논밭들, 수십 년 동안 마구 뿌려 온 농약과 화학비료에 병든 땅, 폭삭 무너져 내린 빈집, 버리고 떠난 빈집에 돌아다니는 들고양이들, 논밭 가에 쌓여 있다가 바람 불면 날아다니는 비닐새(진짜 새가 아닙니다. 삭고 찢기어 여기저기 날아다니는 비닐을 말하는 것입니다.)들이 농촌 풍경을 더욱 슬프게 하는구나. 사료 값, 비료 값, 기름 값,

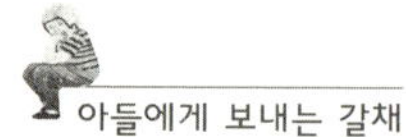

온갖 농자재 값이 하늘 무서운 줄 모르고 올랐는데 농산물 값은 10년 전이나 지금이나 비슷하거나 오히려 내렸다지. 아들아, 이 애비는 이런 현실 속에서도 네가 생명을 가꾸는 농부가 되면 좋겠구나. 흐린 이 땅에서 너와 함께 생명의 텃밭을 일구며 희망을 만들어 가고 싶구나.

아들아, 땀 흘리며 곡식을 가꾸는 일은 자기 삶을 가꾸는 것이고, 자기 삶을 가꾸다 보면 이웃을 사랑하게 될 것이다. 그 사랑은 우리 마음속에 깃든 어리석은 분노와 미움과 원망과 욕심 따위를 깨끗이 씻어 줄 것이다. 그 사랑은 결국 세상을 아름답게 가꾸어 나갈 것이다. 네가 자라 '아버지처럼 농부가 되어 자유롭게 살고 싶다' 고 한 약속을 잊지 않았으면 좋겠구나. 네가 농부가 되는 그날이 오면 이 애비는 가장 먼저 여기저기 이런 펼침막을 붙이고 큰 잔치를 열 것이다.

"우리 아들이 생명을 살리는 농부의 길로 첫발을 내딛게 되어 잔치를 열고자 하오니 함께 기뻐해 주시기 바랍니다."

농촌은 모든 생명이 더불어 사는 곳이라 신성한 곳이란다. 어디로 가나 열려 있는 공간이라 죄를 짓고는 하루도 마음 편하게 살 수 없는 곳이지. 애비는 월급이란 놈한테서 벗어나 농사를 지으면서부터 무엇보다 나 자신을 바로 세우는 일이 나를 살리고 세상을 살리는 일이란 것을 알았단다. 농사는 정말 누구나 해 볼 만한 일이다. 아니, 꼭 해야만 할 일이다.

이 애비는 농업과 농촌이 살아야 현재 도시에서 일어나는 환경문제, 교통 문제, 주택 문제, 실업 문제 그리고 이혼과 자살 따위의 공포에서 벗어날 수 있다고 생각한단다. 왜냐하면 도시에서는 돈이 없으면 하루도 살 수 없지만, 농촌에서는 마음만 먹으면 아주 적은 돈으로도 얼마든지 행복하고 자유롭게 살아갈 수 있기 때문이지. 더구나 모든 사람이 똑같은 일을 해도, 모든 사람이 행복하게 살 수 있는 직업이 농사 말고 어디 있겠느냐. 서로 경쟁하지 않고도 서로 잘살 수 있으니 이 얼마나 아름다운 일이더냐.

아들아, 앞으로 이 땅에서 어떤 일이 벌어지더라도, 농촌이 살아 있으면 가난한 백성들은 살아갈 수 있단다. 하지만 생명의 터전인 농촌이 무너지면 가난한 백성들은 오갈 데가 없어. 어떠한 일이 있어도 부자들은 돈을 먹고 살았으면 살았지, 땡볕에서 땀 흘리며 농사는 짓지 않을 거야. 그러니 결국 가난한 사람만이 가난한 사람을 살리고, 아이들을 살리고, 세상을 살릴 수 있어. 어떤 일이 있더라도 가난한 사람을 살려야 해. 세상 사람들이 한국 사람처럼 승용차를 타고 다닌다고 생각해 보아라. 한국 사람처럼 음식을 함부로 먹고 마시고 버리며 산다고 생각해 보아라. 한국 사람처럼 날마다 컴퓨터를 쓰고 텔레비전을 보고 휴대전화를 들고 다닌다고 생각해 보아라. 한국 사람처럼 육식을 자주 한다고 생각해 보아라. 하나밖에 없는 이 지구는 벌써 사라졌을 거야. 그러니 스스로 가난하게 사는 사람들은 '가난' 만으로도 모든 사람에게 희망을 주는 것이란다.

아들아, 도시의 밤을 밝히는 수많은 십자가를 보아라. 교회 첨탑들은 날이 갈수록 높아 가고, 따라서 성직자, 수도자도 함께 늘어나고 있단다. 교회는 성공했는데 가난하고 뒷줄 없는 사람들은 여전히 버림받고 스스로 괴로워하거나 목숨을 끊고 있구나. 사람이 태어난 흙(자연, 농촌)을 떠나 돈을 좇아 살아가는 교회가 이 시대에 무슨 희망을 말할 수 있겠느냐. 스스로 가난하게 살고 정직하게 살려는 마음이 없는 사람이 하느님, 부처님을 믿으면 세상을 어지럽히는 일 말고는 할 게 없단다. 그러니 아무리 입으로 하느님, 부처님을 믿는다고 떠들어 봐야 모두 헛일이지 않겠느냐. 내가 가난하게 살면 모든 사람이 넉넉하게 살 수 있겠지만, 내가 부유하게 살면 모든 사람이 가난할 수밖에 없는 것이다. 내가 가진 것만큼 누군가 가지지 못한 사람이 있을 테니까.

아들아, 어느 시인이 '책을 읽지 않는 사람은 스스로 자기 영혼을 갉아먹는 사람'이라 했단다. 이 애비는 보이지 않는 사람의 영혼까지 살펴주는 가장 소중한 책은 바로 자연이라고 생각한다. 자연 속에서 욕심을 버리고 스스로 가난하게 살려는 마음이 있어야 부모형제와 이웃과 친구들이 눈에 보이지 않겠느냐. 착한 사람은 부자가 될 수는 없다는 사실을 초등학생들도 다 알고 있다 하더구나. 자기가 가진 것을 자기보다 더 가난한 형제나 이웃과 나누며 사는 사람은, 죽었다가 천 번 만 번을 다시 태어나도 부자가 될 수 없다는 것이지. 오죽했으면

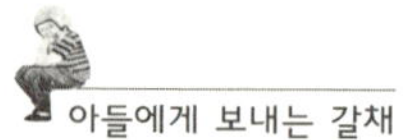

성경에서 "부자가 하늘나라에 들어가는 것은 낙타가 바늘구멍으로 들어가는 것보다 더 어렵다"고 했을까.

아들아, 그럼 우리는 어떻게 살아야 할까? 사람은 공부해서 돈을 벌어 출세하기 위해서 태어난 것이 아닐 것이다. 저마다 하고 싶은 일을 하면서 행복하게 살기 위해 태어났다고 애비는 믿는다. 그래서 애비는 아주 적은 돈으로도 행복하게 살 수 있고, 조금이라도 사람과 자연한테 죄를 적게 지으며 살 수 있는 곳이 농촌이라 여겼다. 죄를 적게 지으며 살 수 있는 곳이 눈앞에 있는데 어찌 마음이 설레지 않겠느냐. 무엇보다도 내 손으로 꼭 너희들에게 '아름답고 영원한 고향'을 만들어 주고 싶었다. 나이가 들면 들수록 그저 편하게 살고 싶은 마음이 못난 애비를 가로막을 것 같아 큰맘 먹고 농부가 되었다.

얼마 전에 네 친구들이 모여 영화 보러 가는데, 돈이 없어 갈 수 없다는 말을 차마 입 밖에 내지 못하고 이런저런 변명을 둘러대고 그냥 집으로 돌아왔다는 말을 들었다. 그 말을 듣고 애비로서 참 미안했다. 이 땅에 어느 애비인들 그런 말을 듣고 미안하지 않겠느냐. 사람이 태어나, 꼭 필요한 곳에서 하고 싶은 일을 하며 사는 것이 '부끄러운 죄'가 되는 세상이다. 그래서 더욱 미안하다. 고집스런 애비 때문에 마음 다친 일이 어찌 한두 가지뿐이겠느냐. 못난 애비를 용서해라. 메마른 이 땅에서, 가진 것 없고 내세울 것 없어도, 옳은 일에 굶주리며 고집 하나로 살아가는 모든 아버지를 용서해라. 언젠가 네가 아버지가 되었을 때, 그때 다시 만나서 오늘 못다 한 이야기를 밤새 나누었으면 좋겠구나.

이제 애비 걱정은 하지 마라. 애비는 농부다. 이 세상에서 가장 소중한 게 무엇인지 알고 실천하는 농부다. 농부란 말 그대로 농사지으며 사는 사람이다. 그리고 농부는 사람들의 '오래된 미래'고, 사람과 자연을 살리는 역사의 주인이다. 농부는 늘 검소하고 부지런하며 꿈이 있고 참사랑을 알고 참행복이 무엇인지 알고 실천하는 사람이다. 농부는 땀 흘려 일을 하지만 결과는 하늘에 맡기고 기다릴 줄 아는 사람이다. 그래서 어떠한 처지에서도 고마워할 줄 알고, 아무리 어렵고 힘든 일이 있어도 민들레처럼 봄을 노래하는 사람이다. 아무리 적은 열매를 맺어도 절망하지 않고 나눌 줄 아는 사람이다. 농부는 '공동선'을 이루기 위해 애쓰는 사람이다. 농부는 자연에 순응해서 자연의 순환 고리를 끊지 않아야 한다. 자연과 사람을 병들게 하는 독한 제초제와 여러 농약과 화학비료와 몇백 년이 지나도 썩지 않는다는 비닐 따위를 쓰지 않거나 줄여 나가야 한다. 오직 팔아먹기 위해서 농사지을 게 아니라, 내가 먹고 내 자식들이 먹는다는 마음으로 농사를 지어야 한다는 말이다. 농사란 하늘과 땅과 사람과 모든 생명들이 어울려 즐겁게 노래 부르며 일하는 것이다.

아들아, 농부로 사는 일은 외로움을 견디는 일이다. 견디는 만큼 가치가 있으리라 생각한다. 농부는 스스로 가난하게, 스스로 불편하게 살려는 마음이 있어야 한다. 이 애비는 흐린 세상을 맑게 살리려면 많은 젊은이들이 농부로 살아야 한다는 생각을 버릴 수가 없다. 그래서 승용차, 옷, 신발 따위나 그 어떤 물건이라도 당장 필요한 게 아니라면 천천히 사야겠지. 그래야 심한 몸살을 앓고 있는 이 지구를 구할 수 있을 테니까 말이다. 그리고 자기의 목숨을 이어 주는 밥도 천천히 먹어야 한다. 그러면서 자연과 사람한테 고마운 마음을 되새기고, '사람의 길'을 찾으며, 스스로 몸과 마음을 살리고, 죄도 줄일 수 있다고 생각한다. 말도 생각한 다음 천천히 내뱉어야 다른 사람한테 상처를 적게 줄 수 있고, 실수를 줄일 수 있다. 그러나 부모형제나 이웃이 어려움에 빠졌을 때는 천천히 하면 안 된단다. 그때는 하루라도 빨리 가서 가진 것을 나누어야겠지. 그래야 '내' 가 행복해지고 세상 모든 사람이 행복해질 수 있으니까 말이다. 평화니 자유니 행복이니 하는 말은 서로 나누고 섬기며 살 때 저절로 오는 것이란다.

아들아, 도시에 살 때는 몰랐지만 농부가 되고부터 아침에 일어나면 하루하루가 큰 선물이라는 생각이 드는구나. 새소리, 물소리 들으며 갖가지 나무 냄새와 꽃 냄새를 맡으며 하루를 열 수 있다는 게 얼마나 큰 축복인지 깨달았지. 그래서 괭이를 들고 때론 호미와 낫을 들고 논밭으로 가노라면 콧노래가 절로 나온단다. 언제부턴가 논밭에 갈 때에는 일하러 간다는 생각이 들지 않아. 애비 손으로 심어 가꾸는 생명들을 만나러 가는 길이

라 생각하면 마음이 설레고 몸도 가벼워지지. 어떤 날은 어둠이
채 가시지 않은 새벽부터 일어나 달려간단다. 벗들이 밤새 별
탈 없이 잘 잤는지, 밤이슬이나 비바람에 떨지는 않았는지, 얼
마나 쑥쑥 자랐는지, 필요한 것은 없는지, 하도 궁금하여 한걸
음에 달려가지.

논밭에 가면 온갖 생명들이 나를 보고 '반갑다!' 고 소리친
다. 그 소리를 들으면 절로 행복하단다. 아들아, 가슴 벅찬 이
행복을 너와 함께 세상 모든 아들딸들과 함께 나누고 싶어 이 글
을 쓴단다. 잠시 머물다 떠날 인생인데 욕심 부린다고 이루어질
것도 없으며, 뜻한 대로 이루어졌다 하더라도 그것 또한 한바탕
꿈인 것을, 농부가 되어서야 깨닫는구나. '늦은 깨달음' 조차 나
누며 살고 싶다, 아들아!

눈 덮인 들판을 걸어갈 때
발걸음 하나라도 어지럽히지 말라.
오늘 내가 걸어가는 이 길이
뒷사람의 이정표가 될 것이기 때문이다.

아들아, 이 시는 김구 선생이 좋아했던 '답설'이라는 시다. 서산대사가 쓴 시라더구나. 가장 낮은 곳에서 가장 평범한 이들과 함께하고자 했던 백범 김구 선생이 독립운동을 하면서 삶이 힘들고 고단할 때마다 이 시를 마음에 새기며 참아 냈단다.

김구 선생의 호 '백범'이란 뜻이 '천한 사람', '평범한 사람'을 뜻하는 말이라 하더구나. 오늘도 가난한 백성들은 경제성장이니 경제대국이니 이따위 말보다, 아름다운 나라를 꿈꾸었던 그분의 뜻이 이루어지기를 바라고 있겠지. 세상이 온통 '경제'란 말에 미쳐 있는 지금, 이 애비는 어떤 발자국을 남기며 걷고 있는지 스스로 묻고 또 물으며 너를 생각한다. 애비의 술잔에 눈물이 반이 아니라, 눈물로 가득 채워지더라도 너를 사랑한다, 아들아!

진리를 따라 사는 삶은
결코 나약하지 않다

최영우

최영우 _ 유년 시절부터 한 가지에 관심을 가지고 매력을 느낄 때마다 그와 관련된 직업을 꿈꾸며 성장해 왔다. 고등학교 2학년 때 페스탈로치의 『은자의 황혼』을 읽고서 교육행정 학자의 꿈을 꾸었고, 수능을 보고 진학 여부로 고민할 때 『달과 6펜스』라는 책의 영향을 받아서 교육학과에서 무역학과로 진로를 변경했다. 대학교 때는 그 당시 가업을 일으킬 수 있다는 'CPA' 공부를 했다. 그 뒤에도 '선교사'의 꿈과 동기를 갖기도 했고, 후에는 토지 개혁의 꿈을 꾸면서 관련된 책을 읽으며 꿈을 키우기도 했다. 이후 산업연구원(KEIT)에서 일하면서 비로소 직업을 찾아가기 시작했는데 「통일논단」 신문을 만들어 보기도 했다. 이후 국내에서 처음으로 시작되었던 해비타트에서 오랫동안 일했으며 모금의 선진 기법을 확산·보급하고 기부 문화를 선도하기 위해 1999년 설립된 비영리단체 모금전략 컨설팅 회사인 (주)도움과 나눔의 대표를 맡아 약 80여 명의 직원들과 함께 일하고 있다. 『행복한 진로학교』를 여러 명의 필진과 공동으로 펴냈다.

진리를 따라 사는 삶은 결코 나약하지 않다

사랑하는 재언아, 이 글은 내가 한 사람에게 쓰는 편지로는 가장 긴 글이 될 것이다. 물론 네 엄마랑 결혼하기 전 열두 장짜리 재미없는 연애편지를 쓴 적이 있기는 하다.

아빠는 네가 중학교 3학년 1학기를 마치기 전에 학교를 그만두고 싶어 했을 때 쉽게 너의 의견을 존중할 수 있었단다. 믿는 구석이 있어서였다. 그리고 홈스쿨링을 시작한 네가 아직은 생활의 리듬을 못 찾아서 스스로에게 실망하기도 하지만 잘해 낼 것이라고 믿는다.

여러 번 들려주었지만 네가 세상에 나오는 과정은 결코 순탄하지 않았다. 네 엄마가 너를 몸속에 가진 것을 확인한 것은 내

가 한창 한국해비타트에서 분주하게 일할 때였다. 필리핀의 빈
민가 건축 현장에 다녀오면서 엄마로부터 '우리에게 아기가 생
겼어요.' 라는 말을 들었다. 기뻤지만 당시에는 너라는 인격적
실체가 실감나게 다가오지 않았다. 그때 나는 나름대로 어려운
이들을 위해서 내 삶을 던진다는 생각으로 남들이 가지 않는 길
을 가고 있었고 집안 경제는 엄마가 많이 부담하고 있었다. 엄
마는 한 병원의 약사로 근무하고 나는 해비타트의 총무로 바쁘
게 다녔지. 네 엄마의 배가 한껏 불러 있을 때 내가 손을 네 엄마
의 배에 대고서 너를 위해서 축복 기도를 한 적이 있었다. 그때
나는 너와 깊이 만난 것 같다. 약간은 신비한 경험을 했다. 마치
하나님이 '네 아내의 배 속에 있는 아기는 사내아이다. 그 아이
는 독립적인 인격이다. 네가 그 삶을 좌지우지할 수 없다. 그 아
이를 인격으로 존중하고 그 삶을 지지해라.' 하고 말씀하시는
것 같았다. 네가 지금까지 성장하는 동안 한 번도 나는 그 기억
을 지운 적이 없다. 네가 학교를 그만둔다고 했을 때 나는 '재언
이에게는 남들과 다른 독특한 길이 있을 거야.' 라고 쉽게 받아
들일 수 있었다. 너에게는 너의 고유한 길이 있다.

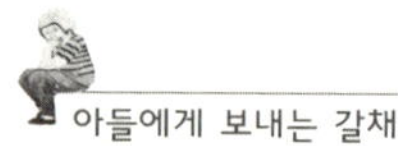

너는 태어나면서 많은 사람들의 관심을 받았다. 네가 인천기독병원에서 태어나고 나서 몇 시간이 지나지 않아서 나는 담당 의사의 다급한 호출을 받았다. 그 여의사는 '이 아기는 유리질막증이라는 질병을 가지고 태어났습니다. 미숙아들에게 잘 생기는 병인데, 선생님의 아이처럼 개월 수를 다 채워서 나오는 아이들에게는 잘 생기지 않는 병입니다. 많이 위험합니다. 마음의 준비를 하셔야 할 것 같습니다.'라고 말했다. 나는 '최선을 다해 주세요.'라는 말밖에 할 수 없었다. 제왕절개 수술 후 병실에 있는 네 엄마에게 상황을 설명하고 나는 혼자서 병원을 돌아다녔다. 기도할 장소가 필요했다. 우연히 발견한 조그마한 기도실에 들어가 몇 시간을 울면서 멍하니 앉아 있었다. 그때 갑자기 한 성경 구절이 명확하게 생각났다. "너희가 내 안에 있고 내 말이 너희 안에 있으면 무엇이든지 원하는 대로 구하라 그리하면 이루리라(요한복음 15:7)". 그 말이 아빠와 엄마를 1개월 동안 견디게 해 주었다. 그러나 네가 인큐베이터 속에서 산소호흡기로 연명하기를 15일째, 담당 의사는 '아기의 폐가 푸석푸석해지는 섬유질화가 조금씩 진행되고 있습니다.'라고 말했다. 상황은 점점 어려워지고 있었다. 아기가 태어나면 15일 이내에 출생신고를 해야 한다. 그때까지는 이름을 지어야 했다. 요한복음 15장 7절의 내용을 바탕으로 '말씀이 있다' 는 뜻의 '재언(在言)' 이라는 이름을 지었다. 너는 삶과 죽음을 확신하지 못하는 아이의 출생신고를 해야 했던 아빠의 심정을 상상하기는 어려울 것이다. 그 고통스러운 시간 동안 요한복음 15장 7절이 나를 붙들어 주고 있었다. 그렇게 절망스럽던 어느 날부터 너는 갑자기 좋아지기 시작했다. 네 핏속 산소 농도가 올라가기 시작하고 있었다. 네 엄마는 너를 이 세상에 낸 지 30일이나 지나서 너를 처음으로 안아 볼 수 있었다. 나는 엄마가 너를 안을 때 입었던 파란색 원피스를 아직도 기억한다. 다행히 너는 1개월 만에 태어날 때의 체중 그대로 퇴원할 수 있었지만 여전히 우리는 초긴장 상태에서 너를 길러야 했다. 너는 감기만 걸리면 바로 폐렴으로 악화되어 응급실 신세를 지기를 여러 번 했다. 결국 너는 이렇게 건강하게 자라났다. 나는 너에게 펼쳐질 의미 있는 삶을 확신한다. 그리고 너에게는 하나님이 이끄시는 고유한 삶이 있다는 것을 항상 믿고 너의 삶을 응원한다.

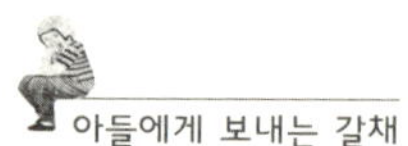

재언아! 참 신기하다. 너의 생명을 약속해 주었던 '말(레마)'
이 내 사업의 핵심 원리가 되고 있으니 말이다. 내가 살아온 삶
은 평범하지 않았다. 삶의 고민이 깊어지고 있는 너에게 나의
삶을 지탱시켜 주었던 몇 가지 흔들리지 않는 원칙들을 이야기
하는 것이 필요하다고 느낀다.

1988년 내가 대학원에 다니고 있을 때, 내가 다니던 대학이
민주화 운동과 학내 사태로 정부에 의해서 1개월 동안 문을 닫
은 적이 있었다. 내가 대학을 다닐 때는 군인들이 독재정치를
행하고 있을 때였다. 내가 다니던 고려대학교의 정문에는 항상
최루탄이 난무했고 대학의 분위기는 억눌려 있었다. 독재자들
은 요지부동인 것 같았다. 이런 상황에서 하나님은 너무 멀리
있는 것 같았고 기독교 서클 후배들에게도 나의 설명은 궁색해
져 갔다. 그때 나는 1개월 동안 내가 믿는다고 생각하던 신에게
나로서는 가장 정직하고 절박한 질문을 했다. "하나님, 당신은
정말 살아 있습니까? 이 어두운 역사적 현실에 대해서 당신은
무엇이라고 말씀하시나요? 나는 어떻게 살아야 합니까?" 그때
나에게 주어졌던 깨달음이 지난 20여 년을 달려오는 데 힘이 되

었다. 그때 나에게 확신이 생긴 것은 다음의 세 가지다.

첫째, 역사는 그냥 흘러가는 것이 아니다. 진리이신 하나님이 다스리신다. 결국 정의와 진리는 무엇보다도 강한 힘으로 역사 속에서 자기 역할을 한다.

둘째, 나의 몸은 부활할 것이다. 죽음은 죽음으로 그냥 끝나는 것이 아니다. 부활에 대한 신념은 나로 하여금 이 땅에서 겁쟁이가 되지 말아야 할 것을 요구한다.

셋째, 내가 가는 길이 외롭지 않을 것이다. 내가 지혜가 없을 때에는 스승이 생길 것이다. 문제에 항상 답이 있을 것이다.

'역사를 움직이는 원동력은 무엇인가?' 라는 질문에 대한 답은 이 세상 속에 던져져 살아가는 인간이 자기를 이해하는 데 가장 중요한 것이다. 인간의 실존적 고민 중 상당 부분은 역사관에 대한 것이다. 사실 나는 고등학교 때 구약성경의 역사서들을 읽으면서 '진리를 따라 사는 삶은 결코 현실에서 나약한 삶이 아니다.' 라는 생각을 가지게 되었다. 1개월의 기도와 질문의

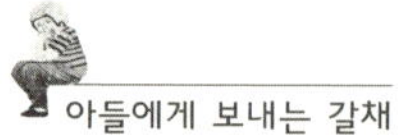

시간은 고등학교 때부터 나를 지탱하던 역사관을 다시 확증시켜 주었다. 나의 마음에 명확하게 '하나님이 선한 의지로 역사를 다스리신다' 는 사실이 새겨지고 있었다. 공교롭게도 그즈음에 중국에서는 천안문 사태가 일어났고 전혀 움직일 것 같지 않았던 공산국가 러시아에 변화가 생기기 시작했다. 나의 질문에 대한 응답이 너무 세계적으로 보이는 것 같다는 황송한 생각을 할 만큼 그 타이밍이 절묘했다. 재언아, 나는 그 이후로 '목적과 계획을 가진 진리의 신이 세상의 역사를 이끄는 원동력' 이라는 사실에 대해서 의문을 가지지 않았다.

한 달간의 기도 기간 동안 또 하나 나에게 강하게 다가왔던 것은 바른 토지제도가 경제에서 얼마나 중요한 것인가 하는 사실이다. 나는 대학교 4학년 때 강원도의 태백에 있는 예수원에 방문했다가 (지금은 돌아가셨지만) 대천덕(R. A. Torrey)이라는 선교사를 만나서 잠시 구약의 희년 제도와 헨리 조지(Henry Georgy)라는 경제학자의 이야기를 들은 적이 있다. 한 달 동안 고통스러운 기도가 끝나갈 즈음 '한국 사회가 변하기 위해서는 토지제도가 바뀌어야 하는구나.' 라는 생각을 하게 되었다. 모든 것이 절박했다. 그때 나는 '토지 공개념이 도입되어야 하는데, 그러려면 내가 국회에 가서 단식투쟁이라도 해야 하는 것인가?' 라고 생각할 정도였다. 드디어 1개월의 기도가 끝나고, 학교 수업도 다시 시작되었다. 그러나 나는 여러 면에서 달라져 있었다. 나는 주변 사람들에게 지난 1개월간 나에게 어떤 변화가 있었는지, 내가 왜 헨리 조지, 성경의 희년 제도, 토지 공개념 등에 관심을 가지게 되었는지에 대해서 이야기했다. 그때 어떤 사람으로부터 '당신과 같은 꿈을 꾸는 사람들을 알아요. 소개해 드릴 수 있어요.' 라는 반가운 이야기를 들었다. 그 인연으로 고왕인 박사를 만나게 되었다. 너도 잘 알겠지만 그 만남이 나를 헨리조지협회, 통일318기도회, 해비타트 등의 활동으로 연결시켜 주었다. 그 인연은 지금 내가 운영하는 ㈜도움과나눔 이라는 회사의 경영으로도 이어졌다.

재언아, 그 기간 동안 나는 큰 열정을 가지고 공부했다. 희년 제도와 헨리 조지 경제학에 대한 나의 관심은 무척이나 커서 토

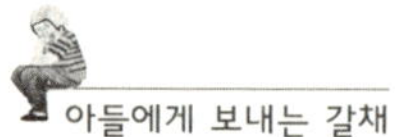

지 경제학을 공부하기 위해서 해외 유학을 생각할 정도였다. 그 당시 나는 사회 정의와 개인의 삶, 그리고 신의 역사 개입에 대한 생각을 많이 했다. 사회 정의와 개인의 내면의 성숙이 어떤 관련이 있는가 하는 것이 항상 고민이 되는 주제였다. 사실 그때 사회에 대한 생각이 커지면 커질수록 나는 내 내면의 모순 때문에 고통 받았다. 네가 아는지 모르겠지만 나는 세 살이 되던 해에 동생이 태어나면서 외가가 있는 시골(경남 의령)에 보내졌다. 그곳에서 외할머니와 이모들과 함께 거의 5년을 생활했다. 그때 부모님과 떨어져 살았던 것은 나에게 낳은 영향을 끼진 것 같다. 나는 시골에 다니러 왔던 엄마(너의 할머니)가 나 몰래 버스를 타고 가 버린, 어느 날 오후를 기억한다. 그 소란스러움과 서운함의 느낌이 아직도 내 몸속에 남아 있다. 가장 깊은 정서적 교감을 해야 하는 나이에 부모와 떨어져 지낸 탓에 평생을 네 할머니와 약간은 서먹한 관계로 지냈던 것 같다. 그리고 네 삼촌과도 친밀해지지를 못했다. 더구나 나는 예닐곱 살 때에 평생을 괴롭힌 '훈장(?)'을 얻었다. 당시 동네에서 함께 어울려 놀던 친구들 대부분이 머리에 부스럼이 심하게 나 있었다. 마을 사람들이 장에 가서 약을 사다가 발라 주었는데 약물 부작용으로 약을 바른 자리마다 흰머리가 나기 시작했다. 그 때문에 나도 초·중·고 기간에 머리에 난 여러 개의 밤톨 같은 흰머리로 놀림감이 되곤 했다. 나의 내면의 상처들에 대한 심각한 재발견은 대학원 때 본격화되었다. 그리고 주변에서 만난 정신적인 질환과 고통을 받는 사람들과의 경험이 나에게는 각 개인의 내면에 대한 관심을 일으켰다. 결국 사람의 내면의 상처에는 역사적인 무게가 담겨 있음을 알게 되었다.

결국 신과의 관계는 내면의 질서와도 연관되고, 사회 속에서 해야 할 역할과도 깊은 관련을 갖는 것이다. 이것들이 분리된 문제들이 아니고 하나로 연결되어 있다는 깨달음이 이 시기에 구체화된 것이다.

머릿속에 형성되는 이런 역사관에 대한 이해는 삶 속에서 확인해야 한다. 그래야 현실의 삶 속에서 네가 갈림길을 만났을 때 바른 선택을 할 수 있다. 나는 '진리가 승리한다'는 역사관을 몸으로 실천해야 하는 시험을 여러 차례 통과했다. 처음 시험은 고3 때 있었다. 지금은 뇌경색 때문에 요양원에 계시는 너

의 할아버지는 아빠가 고3 때 어떤 사람과 다투다 떠밀려 의식
불명의 상태에 들어가셨다. 할아버지는 그때 반신불수 상태로
오랫동안 병원에 있을 수밖에 없었고 가족의 경제 상황은 말이
아니었다. 한번은 할아버지를 다치게 한 이의 법정 판결을 듣기
위해서 법원에 간 적이 있다. 그런데 그 가해자는 우리에게 정
당한 보상을 하지 않기 위해서 여러 가지 편법을 사용했고, 나
는 분노했다. 당시 내가 믿었던 신앙은 나에게 '용서하라!'고
명령하고 있었다. 신기한 일이었다. 나는 용서했고 원망이 남
지 않았다.

대학 4학년 때, 나는 당시에는 불법이었던 과외를 하며 생활
비를 벌어 쓰고 있었다. 대치동에 일주일에 이틀을 가서 과외를
해 주면 대학원을 진학할 수 있는 돈을 벌 수 있었다. 그런데 그
과외가 실정법에 위배되는 것이었기 때문에 마음이 항상 찜찜
했다. 현실과 타협을 하느냐, 깨끗이 과외와 함께 대학원을 포
기하느냐의 기로에 섰다. 그때 나는 내가 신뢰하던 역사관을 붙
들어야 했다. 과외를 포기하며 밤에 교회에서 심하게 울며 기도
했던 것이 기억난다. 나는 과외를 받던 학생의 어머니에게 "저

는 과외가 나쁘다고 생각하지 않지만 현재 실정법이 금하고 있어서 계속하기가 어려울 것 같습니다. 이해해 주십시오."라고 말할 수밖에 없었다. 사실 살면서 현실이냐 이상이냐의 갈림길에 설 때 나는 그다지 크게 고민하지는 않은 것 같다. 나에게는 늘 이상이 더 현실적이었기 때문이다. 그래도 나는 대학원에 진학할 수 있었다. 내가 과외를 그만둘 때 의아하게 생각하셨던 그 과외 학생의 어머니가 대학원에 진학하는 데 모자란 마지막 돈을 채워 주신 덕분이다.

가장 극적인 역사관의 시험은 내가 산업연구원(KIET)이라는 직장을 그만둘 때다. 나는 산업연구원이라는 국가출연연구소에 다니면서 네 엄마를 만났다. 아빠와 당시 대학 4학년이던 엄마는 빠른 시일에 가까워져서 결혼을 약속했다. 너의 외할아버지는 그래도 공부 잘하는 사람들이 간다는 직장에 다니고 있는 나를 대견해하셨고 흔쾌히 결혼을 허락해 주셨다. 그런데 그즈음 한 2주간 내가 성경을 볼 때나 설교를 들을 때 가장 많이 들리는 말이 "나를 따라오려거든 네 십자가를 지고 나를 따르라"는 말이었다. 그 십자가에 대한 말들이 자주 분명히 들려서

나는 곧 내 삶에 무슨 큰 변화가 생기리라는 생각을 하고 있었
다. 아니나 다를까 고왕인 박사가 전화를 해서 "최영우 씨, 이
제 직장 그만두고 새 일을 시작해 볼 때가 되지 않았소?"라고
말씀하시는 것이었다. 그것이 나의 삶을 크게 바꾸어 놓았다.
안정된 삶을 포기하고 정처가 없지만 보다 근원적인 일을 위해
서 자신을 던지는 결정 말이다. 그 이후로 나는 다른 사람들과
는 다른 안정감을 취하는 삶을 살았다. 내 삶의 안정감은 안정
된 직업이나 돈에 있는 것이 아니고, 내 삶을 이끄는 진리의 음
성에 순종하는 데 있다는 것이다. 1993년부터 다른 사람과 전
혀 다른 길의 삶을 살았다. 예를 들면 영성운동, 통일을 대비하
는 신문 제작, 토지운동, 해비타트 운동 그리고 마침내 내가 지
금까지 운영하고 있는 회사를 시작하고 경영하는 일까지, 나의
선택에 대해서 불안해하는 사람들도 있었지만 나는 불안하지
않았다.

　재언아, 사람이 살아가는 데 있어서 먹고사는 문제와 '삶의
의미'를 찾아가는 것을 조화시킬 수 있다면 참 행복할 것이다.
경제적인 삶의 기초를 가치에다 두느냐, 살벌한 현실에다 두느

나는 너의 삶을 근원적으로 흔드는 문제다. 나는 네가 '사람이 떡으로만 사는 것이 아니고 하나님의 입에서 나오는 모든 말씀으로 산다' 고 하는 성경 말씀을 참으로 누리며 살기를 원한다. 나는 누구보다도 이 문제를 가지고 오랫동안 씨름을 했다. 가난한 집에서 태어나고 일상적으로 경제적인 결핍을 경험하고 살았던 나는 가난이 싫었다. 그리고 장래에 나의 부모가 나에게 짐으로 다가올 것이라는 심리적 부담을 어릴 때부터 가져야 했다. 초등학교를 다닐 때, 학교의 준비물을 사기 위한 돈이 없어 엄마가 이웃집에 몇 푼 되지 않는 돈을 꾸러 다니는 것을 자주 본 나로서는 돈은 현실의 문제였다. 내 주변에 살던 대부분의 친구들도 가난한 노동자의 아들이었기 때문에 어릴 적 우리 모두의 고민은 어떻게 하면 가난을 벗어나는가 하는 문제였다. 사회적으로 혜택을 많이 누리지 못한 부모님과 주변의 친지들이 나에게 많이 해 준 충고는 '너무 착하게 살면 안 된다.' 였다. 그 부담 속에 살던 나에게 고 1때 만난 성경의 예수님이 한 이야기는 매우 도전적이었다. '너희는 무엇을 먹을까 무엇을 입을까 염려하지 말라… 너희는 먼저 그 나라와 그 의를 구하라 그리하

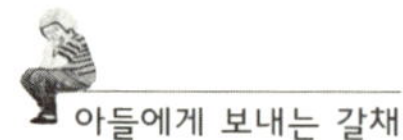

면 이 모든 것을 너희에게 더하여 주시리라'. 나로서는 그 말을 따라 살든지, 아니면 포기하든지 둘밖에 선택의 길이 없었다. 고등학교 때부터 고민했던 그 말씀이 나의 삶의 나침반이 된 것이 감사할 따름이다. 아직 한 번도 그 말씀은 나를 배신한 적이 없다. 내가 직장을 나온 이후 지금까지 많은 고생과 번민이 있었지만 나는 더없이 안정감이 있고 자유가 부여된 삶을 살고 있다.

네가 앞으로 살게 될 세상에서도 먹고사는 문제는 녹록한 것이 아닐 것이다. 그러나 걱정하지 마라. 너의 삶이 가치 있는 삶을 지향하고 있으면 너는 세상에 든든한 터를 얻게 될 것이다. 가난하게 될 것을 걱정하지 말고, 네 삶의 의미가 빈약하고 가치 없는 삶이 될 것을 걱정해라.

재언아, 너의 이름에 담긴 의미는 무척이나 심대하다. 나는 너에게 가원이와 달리 심각한 이름을 준 것이 때로 미안할 때도 있다. 너의 이름을 지을 때 나에게 떠오른 성경 구절은 히브리서 1장 3절과 요한복음 15장 7절이었다. '그의 능력의 말씀으로 만물을 붙드시며', '너희가 내 안에 있고 내 말이 너희 안에 있으면 무엇이든 원하는 대로 구하라 그리하면 이루리라'. 이 두 구절에는 너의 삶에 대한 나의 기대와 믿음이 담겨 있다. 그리고 내 삶의 근거이기도 하다. 너의 삶은 말씀의 길과 관련이 될 것이기 때문에 다분히 심각하고 성찰을 요하는 삶이 될 것이다. 그것은 너의 삶이다. 반면에 가원이 이름을 지을 때는 '영원하고 순결한 기쁨' 이라는 영감이 떠올랐다. 그래서 '즐거울 가(嘉)' 와 '영원할 원(遠)'을 사용한 것이다. 가원이가 밤마다 꾸는 꿈이 행복하고 즐거운 것이라도 너무 서운해하지 마라. 그 아이는 많은 사람에게 큰 기쁨을 공급하는 일을 하게 될 것이라고 생각한다.

재언아, 나는 언어와 사람, 언어와 역사에 대한 생각을 오랫동안 해 왔다. 재언이가 요즈음 나의 책장에 꽂혀 있는 현상학 (Phenomenology)과 해석학에 관한 책들을 보고 물어본 분야에 내가 관심이 많은 이유이기도 하다. 많은 사람에게는 언어라는 것이 '의사소통을 하기 위한 사회적 약속' 정도에 불과하겠지만 나는 언어를 인간을 넘어서는 본질적 근원과 역동성을 가지

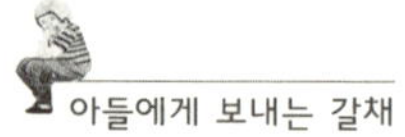

고 있는 것으로 이해한다. 말이라는 것을 다른 이와 의사소통하기 위한 약속 정도로만 받아들인다면 하나님이 그 말씀으로 태초에 만물을 만드셨다는 것, 사람을 살리고 죽이기도 하는 말의 힘은 우리가 이해할 수 없는 것이다. 히브리서 1장 3절은 헬라어로는 '페론 테 타 판타 토 레마티 두나메오스 아우투'라고 읽는다. 하나님은 그의 '강력하고 지속하는 힘이 있는' '언어(레마)'를 통해서 모든 것에 생명과 질서를 부여하고 지키신다. 본질적인 언어는 인격이고, 인간의 역사에 충돌해 들어오는 힘이다. 그리고 사람의 사람됨은 어떤 언어의 다스림을 받느냐 하는데 있다. 허무한 말이나 거짓에 이끌리면 그런 삶을 살게 된다. 반면 사람이 우주의 생명의 근원을 제공하는 이 진실되고 살아있는 언어와 화해하면 역사적인 열매를 맺을 수 있는 것이다. 요한복음 15장 7절은 '너희가 내 안에 있고 내 말이 너희 안에 있으면'이라고 말한다. '신의 언어가 우리 속에 있다'(在言)는 말이다. 본질적인 언어가 너의 속에 있으면 너는 매우 동적인 존재가 된다. 그 언어는 만물을 붙들고 있는 언어이다. 그 언어가 역사적 열매를 맺게 된다. 이 단순한 해석은 아빠 회사의 핵심적 비즈니스 모델이다. 아빠 회사에서 컨설팅하는 비영리단체들은 '사명, 목적사업, 정관' 등에 내포되어 있는 언어적 현상의 산물이다. 그래서 비영리단체의 역동성을 이해하려면 그 단체를 사로잡고 있는 언어적 현상을 이해해야 한다. 그리고 그 언어적 현상이 사회와 소통하는 과정에서 모금이라는 것이 일어난다.

내가 너에게 이 이야기를 길게 하는 것은 네가 이미 고민하고 있는 것처럼, 진리를 따라 사는 삶이 결코 나약하지 않다는 것을 말해 주기 위해서다.

나는 재언이가 삶의 여러 모퉁이에서 이 언어의 힘을 경험할 것이라고 굳게 믿는다. 그리고 너의 진리에 대한 고통스러운 질문과 추구가 빨리 답을 얻기를 바란다. 성격과 차원은 달라지겠지만 우리는 평생을 진리의 새로운 면 때문에 고통스러운 질문을 해야 한다.

그러나 그 길은 변덕스럽지 않을 것이다. 네가 믿고 신뢰하는 사람으로부터 새로운 이야기를 듣는 것처럼 처음에는 생소하겠지만 새로운 각도의 깨달음은 이미 너의 친구가 된 진리에

대한 인식을 더 풍성하게 해 줄 것이다. 그 앎의 과정이 너에게
풍성하기를 나는 매일 기도한다.

재언아, 너의 공부에 대해서 좀 이야기하자. 나는 네가 공교
육을 그만두고 나름의 학습의 길을 가고자 하는 것에 대해서 기
뻐하고 존중한다. 그리고 그 길에 친구가 되어 줄 것이다. 재언
아, 앞으로 네가 살아가야 하는 삶에 대해서 많은 사람들이 '유
동성이 높아진 사회'라고 표현한다. 혹자는 '위험 사회'라고 말
한다. 안정감의 근원들이 흔들리고 있기 때문이나. 우리는 안
전하게 의지할 것이 없는 세상에서 살고 있다. 영원히 부를 누
릴 것으로 여겨졌던 뉴욕의 월가도 흔들리고, 미국의 지위도 위
태하다. 쓰나미로 선진국이며 안전한 나라라고 자부하던 일본
의 근본이 흔들렸다. 핀란드의 노키아라는 대단한 국민 기업이
아이폰의 등장 때문에 위태롭다. 그래서 얕은 수준의 안정을 추
구하는 모든 이기적인 노력들이 필경은 안정을 제공하지 못할
수 있다. 재언아, 나는 터놓고 너와 이야기한다. 본질적인 진리
의 언어와 연합하는 방법을 배우는 공부만이 너를 안정감 있는

삶으로 이끌 것이다. 너는 여러 가지의 직업을 가져야 할 가능성이 높다. 직업의 주기가 짧아지고, 회사들의 사업 모델의 유동성이 크기 때문이다. 기초가 강해 흔들리지 않는 사람이 되기를 바란다.

나는 네가 학원 선생님들과 가끔 싸우기 때문에 기쁘다. 그리고 네가 엄마와 아빠의 손아귀에 사로잡히지 않아서 행복하다. 너는 어릴 때부터 독립심이 강했고, 너만의 독창적인 질문을 잘했다. 그 귀중한 자질은 너의 평생에 키워 가야 할 중요한 자산이다. 나는 네가 학습에 대한 열정은 '사랑'에서 온다는 것을 빨리 알게 되기를 바란다. 자랑을 위한 지식, 분노와 경쟁심으로 말미암은 학습은 끝까지 열매를 맺을 수 없다. 세상과 사람들을 사랑하려는 것이 너의 모든 학습의 동기가 되기를 바란다. 그것만이 네가 계속 깨어 있을 수 있는 길이다. 나는 직업상 수많은 교수들을 만난다. 한때 미국의 유명 대학에서 유력한 논문으로 학위를 받고 전도유망하던 학자가 초라해져 있는 것을 많이 보았다. 역사에 대한 책임감, 인류에 대한 순결한 사랑이

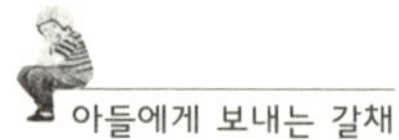

아들에게 보내는 갈채

없으면 네 속에 지식에 대한 참된 열정을 지속시킬 수 있는 길은 없다. 나는 지식을 대하는 네 태도가 겸허해지기를 바란다. 이제 쏟아져 나오는 정보의 홍수에서 모든 정보를 담을 수 있는 뇌와 시간을 가진 사람은 없다. 지식을 대하는 최선의 전략은 겸손이다. 그러나 내가 언젠가 너에게 이야기한 적이 있는 삼학제(Trivium)에 대해서 너와 내가 집착을 가지자. 문법, 논리학, 수사학으로 구성되는 고전적인 커리큘럼은 오늘날 더 귀중해 보인다. 모든 학문의 근본적인 원리와 핵심을 이해하는 문법적 과정을 겸손하고 성실하게 밟아 가야 한다. 수학에는 수학의 문법이 있다. 많은 부분은 암기를 해야 하고 또 원리를 이해해야 한다. 음악에는 음악의 문법이 있다. 다양한 학문들의 문법을 습득하는 과정에는 인내와 성실이 필요하다. 너와 내가 함께 공부하고 있는 고전 헬라어의 문법이 복잡하지만 일단 습득하고 나면 많은 자유와 즐거움을 제공하는 것과 마찬가지다.

사물의 원칙을 겸손히 이해하고 그 독특한 본질을 너의 몸으로 받아들이기 위해서 연습하고 노력해야 한다.

논리학은 문법을 기초해서 각각의 변수들 사이의 상관관계를 이해하는 과정이다. 현대사회는 부분적인 이해가 아니라 통합적인 이해를 요구한다. 한 분야의 전문가도 다른 분야의 변수들을 통합해서 사고할 수 있는 힘이 필요하다. 논리학은 네가 어떤 질문을 던질 수 있는가에 큰 역할을 할 것이다. 사물을 있는 그대로 받아들이지 않고 끊임없이 묻는 자세는 사회현상과 사물의 핵심 원리를 이해해서 문제 해결책을 만드는 데 지대한 영향을 미친다. 나는 네가 이 분야에서 성실하게 노력하면 탁월한 능력을 발휘하게 될 것으로 믿는다.

수사학은 표현과 의사소통의 능력이다. 그리고 공감 능력이다. 의사소통을 효과적으로 하기 위해서는 상대의 입장에 설 수 있는 능력이 필요하다. 그리고 나의 표현을 통해서 상대에게 긍정적인 영향을 미치려고 하는 사랑의 동기가 필요하다. 역시 사랑이 있어야 잘 표현할 수 있다. 재언아, 너에게는 사람에 대한 사랑이 있는데 바깥으로 효과적으로 표현되지 않을 때가 있다. 나는 네가 말과 글에 능한 사람이 되기를 원한다. 현학적인 말과 글이 아니라 효과적인 표현 말이다.

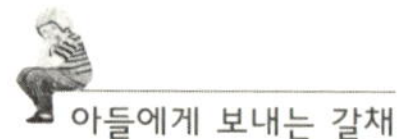

내가 화가 중에 반 고흐를 특히 좋아한다는 이야기를 한 적이 있지? 네덜란드 출장을 갔을 때 두 번이나 고흐 박물관에서 몇 시간씩을 머물곤 했었다. 그가 사람들에게 전달하려고 했던 것과 그 동기는 지금도 사람들이 그의 작품 앞에 설 때마다 강력한 힘으로 말한다. 재언아, 나는 너의 말과 글이 사랑과 능력으로 가득하기를 원한다.

나는 네가 중학생이 되면서 외모 문제로 고민하는 것을 처음에는 잘 이해하지 못했다. 내가 보기에는 세상에서 가장 잘생긴 것 같은 우리 아들이 외모 문제로 고민하는 것이 황당했고 자존심이 상했다. 가만 생각해 보니 나도 어릴 때부터 듬성듬성 난 흰머리 때문에 많은 상처를 받았다. 그러나 이제 나에게는 듬성듬성 난 흰머리가 더 이상 콤플렉스가 아니다.

재언아, 사람에게는 하나의 고유한 육체와 하나의 부모, 그리고 하나의 나라가 주어진다. 만약 우리에게 주어진 신체, 부모, 나라와의 관계를 통해서 고유한 행복을 누릴 수 없다면 세상은 불공평하다. 너는 너에게 주어진 신체로 부족함 없이 세상

과 만날 수 있다. 재언아, 네가 삶 속에 큰 해방을 경험하는 것
은 아마 네 가까이에 있는 존재들 안에 온 우주가 담겨 있다는
것을 알 때일 것이다.

내가 단언하건대 너는 너의 주어진 몸을 통해서 모든 아름다
운 일들을 할 수 있다. 네가 매일 티격태격하는 가족들을 통해
서 세상에서 가장 중요한 관계의 풍성함을 배우게 될 것이다.
때로 너를 열등감에 빠뜨리는 대한민국을 통해서 너는 온 세계
를 만나게 된다. 너에게 주어진 것은 완전하고 충분하다.

재언아, 너의 삶이 기쁨으로 충만하기를, 너의 일상이 벅찬
감격으로 가득하기를 바란다. 그리고 너의 마음이 가라앉고 고
난을 당할 때에도 여전히 너의 삶을 포근히 감싸고 격려하는 모
든 보이지 않는 것들의 격려로 다시 일어서기를 바란다. 재언
아, 사랑한다. 찬란한 너의 삶에 갈채를 보낸다.

너에게 쓰는 즐거운 편지

최익현

최익현_ 대학원에서 공부할 때는 식민체제와 글쓰기 문제에 관심이 많았지만, 지금은 인문학, 사회과학, 자연과학, 예술 등 다양한 분야의 책 읽기에 더 신경을 쓰고 있다. 「교수신문」 편집국장으로 있으며, 2012년부터는 「경향신문」의 '책읽는 경향' 필진으로도 참여하고 있다.

최익현_ 대학원에서 공부할 때는 식민체제와 글쓰기 문제에 관심이 많았지만, 지금은 인문학, 사회과학, 자연과학, 예술 등 다양한 분야의 책 읽기에 더 신경을 쓰고 있다. 「교수신문」 편집국장으로 있으며, 2012년부터는 「경향신문」의 '책읽는 경향' 필진으로도 참여하고 있다.

너에게 쓰는 즐거운 편지

 미루나무가 서 있는 풍경

아주 오래전에 너에게 보내야 할 편지를 나는 이제야 쓰는구나. 많은 생각들이 피었다 지고 또 찾아왔다가 사라졌다는 것을 먼저 고백해야겠다. 너무 많은 말들이 쌓여 있다 보니 어디서부터 무엇을 끄집어내 종이비행기처럼 접어 날려야 할지 몰라 망설였구나. 또 한창 네가 성장하고 변화할 시간을 겪어 가고 있다는 사실도 말문을 떼기 어렵게 한 것 같다. 늦게 도착한 아빠의 편지를 기쁘게 읽어 주길 바란다.

우리가 함께 하루의 끝에서 잠을 청할 때, 너에게 들려주던 이야기들을 네가 아직도 기억하는지 모르겠다. 그 이야기는 아마도 아빠가 네 나이 무렵이었을 때의 이야기였던 것 같다. 근덕의 깊은 산속에 있던 외가(外家) 이야기가 틀림없을 거야. 여름과 겨울, 방학을 맞아 찾아가곤 했던 아빠의 외가는 지금은 집터만 남고 사라졌지만 1970년대 중반 푸른 계곡의 바람 소리와 겨울의 짧은 해가 알 수 없는 무서움과 설렘을 함께 가져다주던 곳이었다.

그 겨울의 깊은 밤, 소나무 숲을 타고 올라온 바람들이 문지방 밖 세상의 뒤척거리는 소문을 더듬거나, 저 먼 곳 낯선 짐승들의 울음소리를 함께 데리고 와 초등학생이던 나를 놀라게 하던 순간들이 잊혀지지 않는다. 사랑방에서 호롱불 밝히시던 외할아버지의 긴 기침 소리도 친근하던 시절이었다. 세계는 그렇게, 낯설지만 친숙한 모습으로 나를 에워쌌던 것 같다. 그러나 지금 이 편지의 표현과는 다르게 어느 날 밤 나는 너에게 속삭였을 거야. 왜 그때의 이야기를 먼저 하는 것일까.

아빠의 외가는 근덕 읍내에서 잰걸음으로도 한 시간을 더 걸어가야 하는 곳에 있었어. 아마도 지금의 내 걸음이라면 한 시간이 채 걸리지 않겠지만, 여름이면 길게 늘어선 미루나무와 그

나무들 사이에서 쏟아져 내려오던 온갖 매미들의 목청 가득한 소리들을 찾아 눈을 번득거리며 걸어가는 어린 나의 보폭에 맞춰 너의 할아버지, 할머니께서는 자주 걸음을 멈추셨던 게 틀림없다. 생각해 보면 아빠가 네 할아버지와 많은 대화를 나눈 것 같지는 않다. 나는 철없는 개구쟁이처럼 앞서 뛰어가고, 뒤에서 느릿느릿 그렇게 두 분은 걸어오셨을 게다. 한껏 입가에 미소를 머금으시고 말이다. 많은 기억과 추억이 있을 텐데 지금 나의 머릿속에 선명하게 떠오르는 것은 그 여름의 이 풍경뿐이다.

중학생이 되고, 고등학생이 되고, 대학생이 되었어도 그때 그 여름, 그와 같은 여러 번의 여름과 겨울, 외가로 가는 먼 길에서 네 할아버지가 아빠의 등 뒤로 보내셨을 알 수 없는 미소와 그 미소의 힘에 대해 한 번도 제대로 여쭤 본 적이 없었다. 그 미소가 애틋한 사랑의 힘임을 알았기에 그랬을까? 여름과 겨울에 어쩌다 찾아가는 외가로 가는 길이 소년에게 결코 낯익었을 리가 없겠지. 그렇다면 그 먼 흙길, 바지를 정강이까지 걷어 올리고 내를 건너야 했던 그 길에서, 주변의 세계가 결코 낯설지 않았던 까닭은 네 할아버지와 할머니의 따스한 시선이 있었기 때문이 아닐까. 그 넉넉한 미소와 말없는 응시가 지금껏 나를 이 세상과 대면할 수 있게 해 준 힘이 아니었을까. 왈칵 눈물이 가슴을 적시는구나.

시인의 편지

네가 알다시피 나의 전공은 '현대문학'이다. 글쎄, 지금은 전공한 분야와 꽤나 멀어져 있지만 좋은 시 앞에서는 고소한 호떡 냄새를 맡는 아이처럼 지금도 기분 좋게 끌리고 있구나. 왜 문학을 선택했을까? 그 많은 인생의 길목에서 어째서 '겨우' 시와 소설을 공부하는 사람이 됐을까? 나는 거기에 답을 했다고 생각한다.

문풍지를 때리던 흙바람, 자고 나면 머리에 부옇게 흙먼지가 내려앉던 강원도 북평의 거친 풍경, 그 풍경에 이어지던 눈 내리는 날 밤 보리밭에서 기어오르던 짙은 냄새들, 그리고 눈의 냄새, 바람의 냄새, 별의 냄새까지…. 그것들이 문학을 선택하

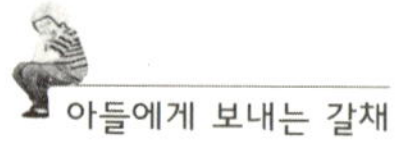

게 만들었을 게다. 이 모든 것들은 홀로 피어났다 사라져 가는 것처럼 보이지만, 함께 어우러지는 것들이기도 하다.

지금 나는 '신문'을 만드는 일을 하고 있지만 마음의 한켠에는 시와 소설, 문학이 등대처럼 서 있다고 말해 주고 싶다.

두타산 아래 작은 마을과 그 마을을 덮은 눈의 냄새와 바람의 냄새, 산을 하나 넘어가면 금방이라도 동해의 청동 바다가 펼쳐질 것 같은 풍경을 지나왔으므로, 그 풍경 곳곳에 넉넉한 미소를 머금고 푸른 미루나무처럼 서 계신 분들의 삶을 기록하고 싶었으므로, 결과와 관계없이 나는 내가 선택한 이 길을 후회하지 않는다.

지금도 기억에 남아 자주 그 뜻과 의미를 헤아려 보는 시가 한 편 있다. 황동규 시인의 「즐거운 편지」이다. 오랫동안 나는 이 시의 의미를 붙잡지 못했음을 고백한다. 이 시를 같이 살펴볼까?

1.
내 그대를 생각함은 항상 그대가 앉아 있는 배경에서 해가 지고 바람이 부는 일처럼 사소한 일일 것이나 언젠가 그대가 한없이 괴로움 속을 헤매일 때에 오랫동안 전해 오던 그 사소함으로 그대를 불러 보리라.

2.

진실로 진실로 내가 그대를 사랑함은 내 나의 사랑을 한없이 잇닿은 그 기다림으로 바꾸어 버린 데 있었다. 밤이 들면서 골짜기엔 눈이 퍼붓기 시작했다. 내 사랑도 어디쯤에선 반드시 그칠 것을 믿는다. 다만, 그때 내 자세를 생각하는 것뿐이다. 그동안에 눈이 그치고, 꽃이 피어나고, 낙엽이 떨어지고, 또 눈이 퍼붓고 할 것을 믿는다.

너는 지금 나의 품에 있지만, 내가 네 할아버지와 할머니를 떠나온 것처럼 곧 내 곁을 떠나 홀로 설 것이다. 수많은 해가 뜨고, 바람이 불고, 너는 흔들릴 것이다. 아쉽게 생각하는 것은, 네 할아버지께서 아빠에게 해 준 것 같은 그런 '말없는 동행'을 너와 자주 하지 못했다는 사실이다. 뒤돌아보면 환하게 웃는 모

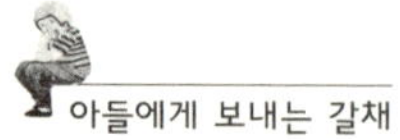

습으로 어느새 가까이 와 계시던 그 동행처럼, 너와 함께 더 많은 '동행'의 과정을 경험하지 못한 것이 미안하구나. 시인의 마음을 빌린다면, 네가 '한없이 괴로움 속을 헤매일 때'에 너는 결코 혼자가 아님을 알았으면 좋겠다.

'해가 지고 바람이 부는' 하루하루 나는 온통 네 생각 속에 걸어간다. 어느 날엔가 비바람이 불어오고, 또 진눈깨비가 하루 종일 내리다 밤늦게 싸락눈으로 변해 앞을 알아볼 수 없을 때에도, 나는 한없이 너를 기다리고 있을 것이다. 군에 입대했다가 첫 휴기를 나온 날 밤을 기억한다. 지금은 시골 할아버지 댁이 양옥 건축물로 바뀌었지만, 내가 군 생활을 할 때만 해도 낡은 기와집이었다. 일병 계급장을 달고 첫 휴가를 나온 게 아마도 겨울 무렵이었을 게다.

시골의 겨울은 불빛마저 일찍 사라지는지라 듬성듬성한 마을 집들의 불빛을 찾아 밤늦게 집으로 돌아왔을 때, 마당 문을 들어서던 나의 군화 발소리만으로도 네 할머니는 둘째 아들임을 그렇게 쉽게 알아채시더구나. 그것은 기다리는 사람만이 간직한 특권이다. 나는 홀로 낯선 중부 전선 전방에 던져져 있지 않았던 게다. 늘, 언제나, 네 할아버지와 할머니의 시선은 나를 향하고 있었고, 또 집으로 돌아오는 그 순간까지도 예감하고 계셨던 것이다.

흐린 전등 아래 네 할머니의 촉촉하게 젖은 눈을 그날 밤 만났다. 네 할머니는 한없이 기다리고 계셨던 것이다. 사랑이 기다림으로, 그리고 기다림은 사랑의 힘에 의해 겨울밤을 견뎌 내고 있었던 것이다. 시인은 그런 기다림의 사랑이 언젠가는 그칠 것이라고 말하지만, 나는 그치지 않는다고 생각한다. 너도 틀림없이 나의 생각에 동의할 것이다.

나는 언제나 너를 생각할 것이다. 해가 뜨고 지고, 바람이 불고, 눈이 내려도 불 꺼진 마을에서 홀로 전등불을 밝히고 기다리시던 네 할머니처럼 나는 너를 생각하게 될 것이다. 네가 가야 할 길, 어느 낯선 길목을 함께 달리지 못한다 해도, 나의 아빠와 엄마가 하셨던 것처럼 바로 너의 등 뒤에서 소리 없는 박수와 함께 가장 든든한 미소로 너를 기다릴 것이다. 그러니 아들아, 너 역시 네가 달려가고 싶은 길을 향해 홀로 걸음을 세울 준비를 해야 할 것이다.

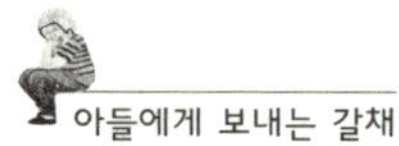

부여 가는 길

아들아, 2010년 1월 26일을 기억하겠지? 갑자기 추워진 날씨가 집 안의 공기까지 얼얼하게 하던 그 무렵, 너는 부여를 가 보고 싶다 했다. 갑자기 여행을 결정한 것이긴 하지만 너는 기차 시간, 둘러봐야 할 명소, 집으로 돌아오는 시간까지 노트에 꼼꼼하게 적더구나. 모처럼의 겨울 휴가라 나는 집에서 빈둥거리면서 책을 읽고, 영화를 볼까 했던 터라 불쑥 네가 내민 '여행 제안'이 반갑지만은 않았다. 부여가 어디인가? 생각해 보니 한 번도 가 본 적이 없는 곳이었다. 의자왕, 계백 장군, 낙화암, 신라, 삼국 통일… 이런 낱말들이 한순간 스쳐 갔다. "저는 신라보다 백제가 좋아요!"라고 네가 말했을 때, 부여는 더 이상 기억 속 옛 백제의 고도(古都)가 아니었다.

겨울이라 아침 해가 늦게 떠올랐지. 용산역에서 논산까지 기차로 이동하기로 했을 때, 사실 너보다 내가 더 들떠 있었다. 너와 단둘이 떠나는 기차 여행이라 그랬을까? 어스름한 새벽빛이 차창 밖에서 스며들었다. 두껍게 옷차림을 한 너의 모습은 초등학교 6학년의 것이 아니었다. 너는 덤덤했던 것 같다. 기차가 논산에 닿을 때까지 나는 꾸벅꾸벅 졸고 말았다. 너는 나를 깨우다 지쳤고, 내 모습에 많이 실망했을 게다. 네 생각은 기차 안에서 부여에 관한 온갖 이야기들을 쏟아 놓고, 또 나의 생각을 엿보고 싶은 것이었을 텐데 여행의 첫 단추는 그렇게 형편없게 헝클어지고 말았다.

논산에서 버스를 타고 부여로 들어가는 길. 곳곳이 고도의 향기를 간직하고 있었다. 그러나 이 여행에서 너와 나는 서울을 벗어난 곳임에도 어딘가 익숙한 표정에 놀랐을 것이다. 그것은 무엇이었을까? 속도가 없다는 것, 빠르게 질주하는 시간이 아니라는 것, 지나가는 사람들의 표정에서도, 국도를 훌쩍 건너가는 사람들의 발걸음에서도 서울과 같은 대도시의 빠른 이질감이 없다는 것을 경험했다. 그렇지만 이 고도에도 빠른 시간에 취한 도시의 흔적들이 스며들고 있음을 너는 알았을 것이다. 롯데리아, PC방, 휴대폰 가게…. 낯선 곳에서 마주하는 낯익은 것들은 반가움이 아니라 어떤 슬픔을 내게 주었다. 너는 어땠을까?

부여 버스터미널에서 내린 우리가 제일 먼저 간 곳은 그 유명

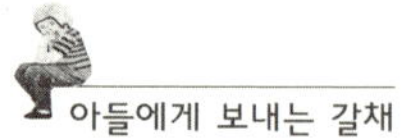

한 '정림사지'였다. 기록에 따르면 정림사지는 "백제가 부여로 도읍을 옮긴 시기(538~660년)의 중심 사찰이 있던 자리"로, "백제가 웅진에서 사비로 도읍을 옮기면서 왕궁, 관청, 주거지 등이 건설됐는데, 이즈음인 6세기쯤에 함께 창건되었을 것으로 추정"되는 부여의 대표적 명소다. 고려 시대에 남아 있던 백제 사찰에 건물을 더 보태는 형태로 지어진 커다란 가람(사찰)인 정림사지는 우리가 도착한 그 1월의 겨울에도 발굴 작업이 한창이었다. 강당 앞에는 오층석탑이 눈부시도록 아름답게 겨울 하늘 위로 솟구쳐 있었다. 푸르디푸른 백세의 겨울 하늘이었다. 강당 안에 있는 일부가 파손된 석불도 우리를 압도했다. 그때 너는 시리게 푸른 하늘 아래 우뚝 선 백제의 오층석탑(국보 제9호)을 보면서, 강단 안에 자리 잡고 있던 고려 시대 제작된 석불좌상(보물 제108호)을 보면서 어떤 생각을 했더냐? 사람들과 역사는 사라져 갔지만, 그들이 만든 삶의 흔적들은 고스란히 남아 우리에게 전해진다.

너는 부여국립박물관을 찾아가 보기를 원했다. 부여 자체가 작은 도읍이라, 움직이는 데는 많은 시간이 걸리지 않았다. 우리는 함께 걸었다. 걸으면서 서로를 사진에 담아 주기도 했다. 사진 속의 너는 오층석탑을 우러러보는 모습을 하고 있거나, 내게 등을 보이면서 앞서 걸어가는 모양새였다. 그때 내가 너의 등 뒤로 미소를 던져 주고 있었던가? 미소 대신 나는 카메라의 셔터를 연신 누르고 있었던 것 같다. 할아버지는 미소를 주셨지만, 나는 미소 대신 카메라로 너를 담고 있었다. 박물관에서 우리는 부여의 지나온 모습을 마주했다. 갑자기 네가 사랑하는 백제의 모습이 무엇인지 궁금해졌다. 박물관 곳곳에서 만났던 백제의 미소였던가? 패망한 제국에 대한 동정과 연민이 이곳 백제로 오게 한 것일까? 그것은 네가 두고두고 살아가면서 답해야 할 몫이리라.

박물관 근처에서 기분 좋게 점심을 나눴다. 허름한 밥집이었지만, 너와 따뜻한 밥 한 끼를 나눌 수 있어서 좋았다. 작은 식당인데도 음식이 정갈했고 맛이 있었다. 너는 꼬막 반찬을 두 접시나 비웠다. 다음 우리가 간 곳은 궁남지였다. 궁남지의 소개 푯말은 "부여 남쪽에 위치한 백제의 별궁 연못이다. 백제 무왕 때 만들어진 것으로 보이며, '궁궐의 남쪽에 연못을 팠다'는

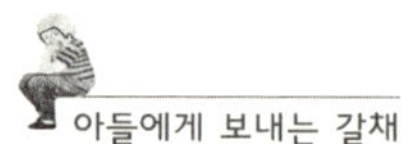

『삼국사기』의 기록을 근거로 궁남지라 부른다."라고 적고 있었다. '별궁 연못'이라고 했지만 둘레가 넓어 우리는 함께 다 돌지 못했다. 겨울 철새들이 호수 위 얼음장을 미끄러지고 있었다. 지난여름 뭇사람들을 태우고 공중을 솟구쳤을 그네는 텅 빈 채 바람을 맞고 있었다. 무성하게 피어났을 연꽃은 보이지 않고, 겨울바람 소리만 궁남지를 에워싸고 있는 듯했다.

그러고 보니 우리 둘은 그날 꽤나 걸었더구나. 네가 그토록가 보고 싶었던 백제의 고도를 함께 걸었지만, 우리는 아마도 같은 곳을 본 것 같지는 않나. 너는 무엇을 보고 싶었던 것일까? 부소산성에 오르면 한눈에 시가지의 전체가 들어오는 이 작은 옛 도읍에서, 하루도 채 안 되는 짧은 시간을 걸었던 우리들 '여행자'를 바라보던 사비 시대의 백제 수도란 도대체 어떤 의미일까? 나는 생각했다. 과거의 시간 속에서 찬란하게 문명과 문화를 꽃피웠던 사람들이 누구였을지를 네가 탐색할 수 있다면 좋겠다고. 그들이 설령 이웃 나라의 힘에 의해 패망했다 하더라도, 저기 정림사지 오층석탑이 무척이나 강건하게 푸른 하늘로 우뚝 솟구쳐 있는 것처럼 백제를 백제로 만들었던 힘, 그 정신,

그 사람들을 기억했으면 좋겠다. 그 사람들을 통해 지금의 우리를, 그리고 네가 불러올 미래의 사람들까지 늘 생각할 수 있으면 좋겠다.

백마강 낙화암이 우리가 둘러본 부여 여행의 마지막 장소였다. 5천 궁녀가 꽃처럼 뛰어내려 생을 마감했다는 곳. 그것이 사실이 아니라 해도, 그날 패망한 나라의 슬픔에 가슴이 무너졌을 무리들이 이곳까지 몰려와 생의 마지막 순간에 바들바들 떨었을 것은 틀림없으리라. 역사는 이렇게 살아 있음과 생의 마지막 사이에서 시퍼런 긴장감을 우리에게 불어넣는다. 저기 백마강 위로 지는 저녁노을의 겨울 해가 찾아들고 있었다. 나는 과연 부여에서 너와 온전하게 동행한 것인지 묻지 않을 수 없다. 정림사지에서도, 궁남지로 가는 길에서도, 부소산성을 올라갈 때에도 나는 너의 등을 바라보면서, 꼭 너만 한 나를 떠올렸기 때문이다. 네 할아버지와 할머니 옆에 서 있던 나를, 그런 나를 바라보시던 두 분의 눈빛을. 나 역시 그런 두 분의 눈빛으로 온전히 너의 등을 부드럽게 껴안았던 것일까. 이것은 내가 답을 찾아야 할 질문이다.

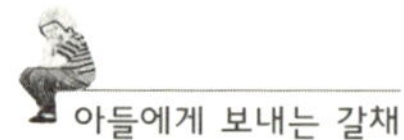

혼자 가는 먼 길

　부여 여행에서 돌아온 너는 1년 뒤에 중학교에 들어갔다. 여행에서 담은 사진 속 너의 잘 자란 머리가 참 좋았는데, 머리도 짧게 깎았다. 행동도 제약이 많이 따르고 있다. 싫어하는 과목도 생겼다. 그러나 어쩌랴. 부여로 가는 길 내내, 나는 네 곁에서 동행할 수 있었지만, 머리를 짧게 자르고 교실에 앉아 방정식을 풀고, 영어 단어를 욀 때 나는 더 이상 너와 함께할 수 없다. 그것은 온전히 너의 몫이다. 우리가 그 낯선 부여를 찾아갔던 겨울처럼, 지금의 네가 마주한 시간들이 낯설지만 결국은 친숙해질 세계였으면 좋겠다. 공부를 잘하라는 말이 결코 아니다. 공부조차 가 보지 않은 세계를 향해 나아가는 여행 아닐까. 그 길에서 선택은 너의 몫이다. 어디로 갈 것인가, 이것을 생각하라는 말이다.

　너는 부여의 남쪽 궁남지에서 불어오는 겨울바람을 맞지 않았느냐. 겨울새들이 깃을 치며 일제히 하늘로 비상하던 그곳에서 본 푸른 하늘을 잊지 않았으면 좋겠다. 네가 어떤 선택을 하든, 어떤 길을 가든, 미루나무가 키를 올린 그 시골 마을의 길위를 함께 보폭을 맞추며 걸어오셨던 할아버지, 할머니의 햇살처럼 눈부신 미소를 나는 너에게 가득 보낼 것이다.

　너는 늘 말했다. 혼자 가는 것이라고, 사는 것은. 글쎄, 네가 얼마나 그 말뜻을 이해하고 있는지는 모르겠지만, 혼자 가는 먼 길처럼 보일지라도 돌아보면 네 주변에는 너를 응원하는 우주가 있다는 것을 잊지 않았으면 좋겠다. 별들이 쏟아지는 푸른 은하수의 밤을 나는 아직도 기억한다. 평상 위에서 네 할머니가 말아 주신 국수를 배불리 먹고 누워 밤하늘을 올려다보면, 거기 눈부신 별들의 노랫소리가 펼쳐지곤 했다. 별은 혼자 빛나지 않는다. 우리는 결코, 혼자 먼 길을 가지 않는다. 혼자 가야 하는 것처럼 보이지만, 네 등 뒤에 파도처럼 거센 응원의 미소가 있음을 기억해야 한다. 그리고 그 미소를 네 미래의 아이들에게 다시 보내야 한다.

나의 서툴고
어린 도반들에게

허병두

허병두 _ 현재 숭문고등학교 국어교사로서 '책으로따뜻한세상만드는 교사들' 대표, 한국
NIE 위원회 위원, 서울시교육청 독서토론논술교사 자문위원으로 활동하고 있다. 바람직
한 청소년 독서 문화를 만드는 데 앞장서 왔으며 최근에는 '책 쓰기 교육'을 대구시교육청
과 함께 본격적으로 추진하는 한편, 국가와 지자체, 시민단체 등이 학교와 연계하는 새로
운 패러다임의 봉사 활동 교육을 디자인하는 데 몰두하고 있다.
대통령직속교육개혁위원과 교육부 독서교육발전자문위원, 문화체육관광부 독서진흥위원
등을 역임했다. 저서로는 『서툰 청춘을 위한 다독다독』, 『너희가 책이다』, 『푸른 영혼을
위한 책 읽기 교육』, 『허병두의 즐거운 글쓰기 교실 1, 2』, 『열린 교육과 학교도서관』, 『책
따세와 함께하는 독서교육』(공저), 『독서교육 길라잡이』(공저), 『정보화 시대의 학교도서
관 만들기』(공저), 『PC · PC통신』(공저) 등이 있다.

나의 서툴고 어린 도반들에게

도반(道伴)이란 자신과 뜻을 같이하는 사람을 뜻합니다. 어러분은 니의 도빈입니다. 지금은 비록 서투르지만 곧 나와 함께 미래를 꿈꾸고 창조할 나의 도반입니다. 지금은 단지 어릴 뿐이며 곧 나와 함께 더 깊은 뜻을 키우고 더 많은 힘을 모아 갈 나의 서툴고 어린 도반, 바로 여러분입니다.

먹을거리를 키우는 농사는 때때로 자연의 힘 앞에 무력한 결과를 보입니다. 아무리 노력을 기울였어도 어쩔 수 없는 시련 앞에서 굵은 눈물을 흘려야 하는 때도 있습니다. 아픔을 삼키면서 다음을 기다리지만 또다시 좌절하기도 합니다. 대자연 앞에서 인간은 한없이 무력합니다.

하지만 가르치고 배우는 것은, 이렇게 책을 읽고 뜻과 마음을 나누는 일은 실패와 좌절이 결코 없습니다. 가끔은 조금 실망스러울 때도 있지만 시간이 지나면 저절로 아물고 더욱 좋아집니다. 오히려 뜻하지 않은 행복을 얻는 경우도 많습니다. 조용히 조언만 했음에도 마음속에서 크게 키워 과분한 감사로 돌아오기도 합니다.

그래서 이렇게 글로 쓰고 마음 깊이 말하는 것 또한 더욱 실패할 까닭이 없으리라 낙관하며, 나는 서툴고 어린 나의 도반들에게 몇 마디 조언을 드리고자 합니다. 마음 깊이 받아 주셨으면 합니다.

잊지 마라, 잊지 마라, 절대 잊지 마라

먼저 단순한 진리부터 꼭 확인하고 싶습니다. 학교는 참 좋은 곳입니다. 무엇보다도 친구와 선생님들을 만날 수 있는 곳입니다. 여러 과목을 배우고 자신의 미래를 꿈꾸며 자신을 키워 가는 곳입니다. 누가 뭐래도 학교는 정말 좋은 곳입니다.

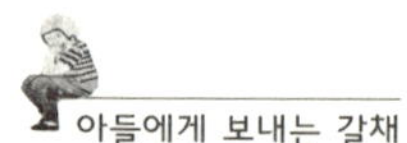
아들에게 보내는 갈채

인류의 무지와 몽매를 깨는 데 가장 효과적인 근대 교육 체제의 산물이 바로 학교이기도 합니다. 학교라는 교육기관이 없었다면 인류의 근대와 현대는 더욱 늦게 펼쳐졌을 것입니다. 아무리 문제가 있어도 학교는 인간을 꿈꾸게 하며 성장시켜 왔고 인류를 발전시키며 진화시켜 온 가장 핵심적인 성장판이었습니다.

물론 학교는 여러 문제점을 안고 있습니다. 이를테면 학교는 정해진 틀 안에 여러분을 자꾸 가두려 합니다. 집단생활과 학교제도를 유지하기 위한 원래의 취지를 넘어서서 나의 서툴고 어린 도반들을 가두려는 학교의 모습은 매우 실망스럽습니다. 지나치게 강압적으로, 또한 너무나 윽박지르는 듯한 학교의 태도는 참으로 곤혹스럽습니다.

학교가 자신의 의의를 맹목적으로 확신하면 더욱 그러합니다. 스스로 문제점을 인식하면서 바꿔 나가려는 노력이 없으면 문제가 자꾸 불거지는 곳이 학교입니다. 그래서 학교가 외려 여러분 자신이 얼마나 소중한지 깨닫지 못하게 만드는 경우도 적지 않아 매우 걱정스럽습니다. 때로는 절망스러워 학교를 훌쩍 벗어나고 싶기도 합니다.

하지만 이런 문제점들은 시간이 흐르면 대개 해결됩니다. 더욱 치명적인 단점, 가장 심각한 폐해, 그럼에도 지금까지는 그다지 명확하게 지적되지 않은 학교의 단점은 바로 '평가'에 있습니다.

그렇습니다. 학교는 여러분을 제대로 평가하지 못합니다. 여러분의 가능성을 제대로 따지기에는 힘이 딸리고 여러분의 청사진을 함께 고민하며 제시하기란 그리 만만하지 않습니다. 학교가 여러분에게 끊임없이 시험을 치르게 하는 것도 결국 스스로의 평가 능력을 믿지 못하기 때문입니다. 학생이 학교에서 가장 절망하는 대목 역시 자신의 가능성을 찾지 못하고 미래를 꿈꾸지 못하는 학교의 부실한 평가 능력 때문이 아닐까 싶습니다.

여러분은 절대 백 점짜리가 아닙니다

학교의 이러한 문제점은 대개 눈에 보이지 않습니다. 인간이

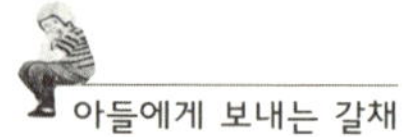

인간을 평가한다는 것 그 자체가 이미 쉽지 않은 데다가 학교는 여러분을 완벽하게 평가하고 있는 듯 당연히 나서고 있을 뿐입니다. 교사와 학교는 나의 서툴고 어린 도반들을 결코 제대로 평가하지 못합니다. 그러니 무엇보다도 여러분은 자신을 너무 부정적으로 평가하지 말기 바랍니다.

가장 간단하면서도 구체적인 예를 들지요. '백 점 만점'이라는 학교의 평가 방식을 봅시다. 왜 백 점이 만점(滿點)이 되어야 하는지요? 왜 학교 점수는 그 이상의 점수를 주지 않는지요? 왜 그 이상의 점수를 받을 수는 없는지요? 진 세계에 수많은 학생과 교실이 있어도 학교는 오직 백 점 만점으로 간단히 가두고 맙니다. 전 세계 인구만큼이나 다양한 인류를 공통적인 백분위 척도에 맞춰서 가두어 놓습니다.

저는 성적 분포도라고 그래프로 처리해서 근사하게 내놓는 걸 볼 때마다 피식 웃고 맙니다. 가장 과학적인 듯 보이지만 가장 비과학적이니까요. 어떻게 사람을 100퍼센트라는 한계 속에 가두고 그 이상을 꿈꾸라고 다그치는지 모르겠습니다. 한계를 정해 놓고 그 한계를 벗어나라니 정말 우습지 않습니까.

학교의 우등생이 꼭 사회의 우등생이 되지는 않는다는 말을 들어 보았을 것입니다. 학교 때 잘나가던 학생이 사회에 나가서 반드시 성공하지는 않는다는 뜻이지요. 실제로 성공했다고 보는 사람들 또한 대학 입시 성적순대로가 아님을 보면 이는 분명합니다. 명문 대학에 들어갔다고 하더라도 학교 문턱에도 못 가 본 사람들이 주는 월급을 받는 경우도 허다합니다.

죽도록 공부해서 좋은 성적을 얻었다고 해야 출제자가 제시한 백 점 만점의 답안지에서 실력을 발휘한 경우가 대부분입니다. 그것도 무엇이 시험에 나올까 머리를 굴려서 예상 문제를 적중시키고 다시 출제자의 모범 답안에 근접하는 답안을 써야 하지요. 어설프고 폭력적인 현재의 평가 방식에 가장 적응을 잘하는 사람이 백 점 만점이라는 우스꽝스러운 승리자가 됩니다. 하지만 이것이야말로 백 점 만점 평가의 한계라는 생각, 진지하게 한 번쯤은 꼭 해 보았으면 합니다.

좀 더 구체적으로 예를 들겠습니다. 고3 수험생들의 9월 모의고사 성적은 실제 수능 성적을 가늠해 볼 수 있는 가장 정확한 예상치라는 점에서 중요합니다. 그런데 재수생 제자의 수학 백 점과 재학생 제자의 그것은 결코 똑같이 여겨지지 않습니다. 재수생 제자의 경우는 안정된 백 점, 즉 백 점 이상의 성적이라 할 수 있지만 재학생 제자의 백 점은 턱걸이하는 경우가 많아서지요. 겉으로는 똑같은 백 점이라 하더라도 앞으로 상황이 어떻게 바뀌냐에 따라, 즉 난이도가 좀 더 어려워진다면 눈앞의 똑같은 백 점들은 완전히 다른 점수들로 분화될 것입니다.

이런 평가 방식 아래서 나타날 수 있는 가장 나쁜 경우가 학생 스스로 자신의 성적을 합리적으로 관리한답시고 백 점에 맞게끔 열정과 노력을 조절히는 것입니다. 언뜻 가장 합리석인 시험 대비 방법이지만 전투에는 패하고 전쟁에는 지는 것과 마찬가지로 어리석은 행동입니다. 눈앞의 시험 성적에 급급하여 자신을 백 점 평가라는 치명적인 덫에 가두는 한심한 행동입니다.

공부나 시험은 자신이 무엇을 했을 때 유독 성취가 빠른 분야가 무엇인지 확인하는 기회로 활용하기 바랍니다. 어학이 재능이 있다면 분명히 남보다 빨리 외국어를 구사하는 데 성취를 보일 것이며, 체육이나 음악에 소질이 있다면 역시 남보다 쉽게 자세를 익히고 음들을 떠올릴 수 있을 것입니다. 자신이 가장 잘하는 것 쪽에 자신의 노력을 기울이는 것이 가장 좋으며, 이를 위하여 끊임없이 새로운 분야를 찾으려 애써야 합니다. 더 잘할 수 있는 분야가 분명히 있으니까요.

내가 아는 선생님은 나이 50이 넘어 우연히 접한 하모니카를 익히는 데 빼어난 능력을 보였습니다. 금세 악기 소리를 제대로 내더군요. 그런가 싶더니 웬만한 곡은 10여 분 정도 연습하면 악보도 없이 그대로 연주했어요. 음악 대학으로 진학하는 것이 낫지 않았을까, 혼잣말처럼 중얼거리는 소리를 들었어요. 이렇듯 전혀 예상하지 못한 적성과 소질을 뒤늦게 찾는 경우가 아주 드물지만은 않습니다. 그리고 뒤늦게 탄식하게 되지요. 진작 좀 알았더라면!

무엇이든 자신의 열정과 신명이 다할 때까지 언제나 최선을 다하는 자세가 가장 중요합니다. 학창 시절에 이러한 태도를 익히면 평생에 걸쳐 자신만의 특별한 능력이 됩니다. 인간의 능력에 대해 천부적인 것만을 떠올린다면 잘못입니다. 후천적인 노력으로 충분히 얻을 수 있는 태도와 자세, 지식 등이 모두 능력입니다.

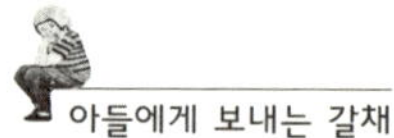

각자 최선을 다하여 백 점이라는 엉터리 강철 지붕을 뚫고 멋지게 솟아올라야 합니다. 학교는 여러분의 능력을 백 점 이상 주지 못하는 방식으로 운영됩니다만 여러분이 자신의 열정과 의지를 앞세운다면 이러한 난관쯤은 충분히 극복할 수 있습니다. 최선을 다하여 노력하고 백 점이든 아니든 점수를 넘어서는 자신만의 실력을 키워야 합니다.

현재와 같은 백 점 만점의 평가 방식에서 비록 점수가 백 점이 안 된다고 해도 실망할 필요 또한 전혀 없습니다. 그저 단순하게 백 점이라는 틀에 가두이 놓았을 뿐, 정확한 평가 방식도 못 되는 데에 자신의 모든 것을 판단할 근거로 삼을 수는 없다는 것이지요. 백 점 만점의 평가 제도는 학교가 만들어 낸, 가장 황당하고 불합리한 평가 방식임을 다시 한 번 강조합니다.

실제로 나 역시 내가 가르치는 제자들을 정확히 평가한다고 자부할 수 없습니다. 교사에게 필요한 지식이나 교수법, 태도와 자세 등은 열심히 노력하면 일정 수준 이상 성취할 수 있지만 인간이 인간을 완벽하게 평가한다는 것은 불가능합니다. 그러니 자신을 학교의 평가 방식에 따라 함부로 평가하지 마세요.

그 대신 자신의 가능성을 믿고 최선을 다해 여러 가지를 시도하고 경험해 보는 자세가 중요합니다.

내가 알아야 할 모든 것은 유치원에서 배웠다?

지금도 인상적인 책 제목입니다. 『내가 알아야 할 모든 것은 유치원에서 배웠다』. 나만 그런 것이 아닌지 여러 사람들이 지금까지도 이 책의 제목에 대해서 많이 기억하고 있더군요. 어쩌면 우리가 유치원 이후에 배운 모든 것들은 별로 필요 없는 것이 아닐까, 이런 회의적인 공감대가 있다는 뜻입니다.

정말로 우리가 학교에서 배운 모든 것들은 사실상 별로 쓸모 없는 게 아닐까요? 이렇게 말한다면 너무 도전적이고 도발적일까요? 학교의 교사로서 이런 말을 한다면 무책임한 자가당착일까요?

아는 분에게 들은 실화입니다. 독일의 평범한 고교생이 이른바 우리나라 최고의 대학에 견학을 왔답니다. 산골에 사는 데다가 요즘 보기 드문 고지식한 기독교 신자이기도 한 이 학생에게

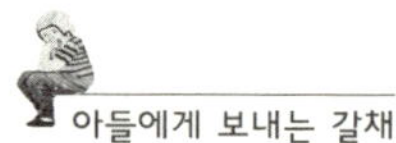

그 대학은 그야말로 최고의 대학으로 다가왔습니다. 중세풍의 조그마한 대학 건물만 보다가 널찍한 부지에 큼직한 현대식 건물, 수많은 학생들은 놀라움 그 자체였던 것이지요. 견학이 끝난 다음에 열린 정리 모임에서 이 학생이 아주 조심스럽게 묻더랍니다. 제가 정말 공부도 못하고 독일 촌구석에서 와서 아는 것도 없는데요, 제가 알 만한 이 대학 출신의 세계적 위인은 누가 있나요?

평범한 학생이 쭈뼛쭈뼛거리며 던진 질문이었지만 분위기가 일순간에 조용해졌답니다. 도대체 누가 대한민국을 대표하는 세계적인 위인이라고 답해 줘야 할까요? 몇몇 사람들을 떠올려 보았지만 눈앞에 있는 학생도 알 수 있는 세계적인 위인은 아니더라는 것이지요. 대한민국의 수험생들이 가고 싶어 하는 바로 그 명문대, 수많은 졸업생들이 이미 배출된 대한민국 대표 대학에서 누구나 알 수 있는 세계적인 위인을 언급하기가 힘들다는 사실은 정말 황당하지 않은가요?

비단 그 대학만 특별히 그러할까요? 이른바 명문 대학이라고 손꼽는 국내 대학, 아니 우리나라의 어떤 대학이 세계적인 위인, 다시 말해 인류의 삶과 역사에 기록될 만한 위인을 배출했을까요? 그렇게 수많은 학생들이 책상머리를 떠나지 못하고, 학원 버스에 몸을 부대끼고, 끝없는 자기 열등감에 시달리면서 공부한 결과로 대학에 들어가지만 세계적인 인재로 성장하지 못하는 것은 무엇 때문일까요? 대학에서 우리 학생들은 도대체 무엇을 배우고 졸업하는 것인가요?

빌 게이츠나 스티브 잡스 같은 유명한 동시대 사람이 아니어도 좋습니다. 지난 19세기와 20세기의 우리 역사로 돌아가도 보통 교육을 받은 평범한 외국인들이 기억할 만한 우리나라의 위인은 누가 있을까요?

좋습니다. 최근의 우리 역사가 일제강점기를 거쳐 민족상잔의 비극인 한국전쟁을 겪고 그 여파로 아직도 분단의 역사를 짊어 메고 버겁게 살고 있으니 좀 더 이전의 시기로 눈을 돌려 봅시다. 과연 누가 우리나라가 배출한 위인, 인류의 삶에 기여한 세계적인 위인일까요? 세종 대왕 같은 분들을 찾아 조선 시대까지 떠올리지 않는다면 정말 궁색해지지 않습니까?

「수학의 정석」 같은 참고서가 수없이 팔렸지만, 지금도 수학

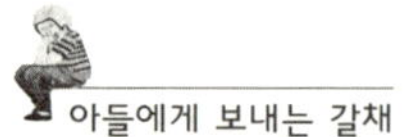

선행 학습이라는 광풍이 더 거세지고 있지만, 우리나라가 배출한 세계적인 수학자, 누구나 알 수 있는 세계적인 수학자는 누구인가요?

굳이 세계적으로 알려지지 않아도 좋습니다. 세계적인 위인이 몇 명 배출되었느냐 여부보다 더 중요한 것은 실제로 우리 교육을 경험하는 학생들 자신이 얼마나 만족을 느끼느냐이니까요.

나를 있게 한 모든 것은 우리나라의 학교교육이었다고 행복하게 말힐 수 있는 학생들은 과연 얼마나 뇔까요? 글로벌 리더 운운하지만 실제로는 글로벌 리더는커녕 글로벌 피플도 찾기 어려운 우리나라의 교육은 정말 문제입니다. 배우는 학생 스스로 만족하지 못하는, 행복을 느끼지 못하는 우리의 학교교육은 정말 비극입니다.

우리가 가르치고 배우는 것이 모두 세계적인 위인이 되는 데 목표를 두지는 않습니다. 하지만 적어도 가르치고 배우는 모든 사람들이 행복해하며, 나아가 다른 사람들을 더욱 즐겁게 만들어 줘야 하는 게 교육인데 우리의 경우는 참 걱정스러울 정도입니다. 도대체 무엇을 위하여 우리가 가르치고 배워야 하는지 진지하게 고민하지 않는다면 죽도록 고생해도 실제로는 아무 보람도 찾지 못하는 교육이 될 것입니다. 아무리 보잘것없는 삶이라 남들이 뭐라 할지라도 스스로 행복을 느낄 수 있으려면 우리는 무엇을 가르치고 배워야 하는 걸까요?

우리가 꼭 가르치고 배워야 할 것들

행복하게 살려면 최소한 건강에 문제가 없어야 합니다. '건강한 신체에 건강한 정신' 이라는 말은 그저 지나치기에는 몹시 아깝습니다. 날마다 꾸준히 운동을 하는 것이 필수적입니다. 조금이라도 어렸을 때 운동을 시작한다면 평생의 습관으로 만들 수 있어서 더욱 좋습니다. 최소한 하루에 30분씩, 주5회나 6회 정도는 꾸준히 운동해야 합니다. 강인한 체력만 있다면 웬만한 것들은 그저 버티기만 해도 저절로 이루어집니다. 딱 버티면서 꾸준히 파고드는데 해결되지 않는 경우는 거의 없습니다.

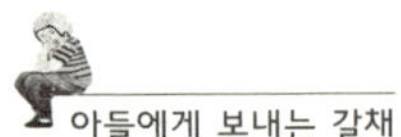

여기에 덧붙여 여섯 가지 차원에서 여러분이 꼭 챙겼으면 하는 능력과 태도를 강조하고 싶습니다. 마치 다각형 그래프를 만들 듯이 자신의 현재 준비 정도를 표시하면서 노력해 보세요. 이는 21세기 정보사회를 헤쳐 나갈 여러분을 위하여 그간의 경험과 지식으로 강조하는 핵심입니다.

창의력 _ 창의적 발상이 얼마나 즐겁고 이로운지 직접 느낄 수 있어야 합니다. 당연히 창의력의 의의를 인정하고 이를 적극적으로 키우려는 기본적인 소양을 뜻하는 것입니다. 지금까지 교육이 맹목적 암기 능력 테스트에 머물러 왔다면, 창의력은 새로운 시대를 헤쳐 가는 능력은 물론 새로운 시대를 만들어 가는 능력과 직결됩니다. 자신이 얼마나 창조적인 사고를 능동적으로 즐기고 활용하는지 늘 톺아보기 바랍니다.

감수성 _ 어떠한 현상이나 인물, 사건, 대상 등에 일정 수준 이상의 정서적 반응을 보여야 합니다. 이러한 감수성은 예술에 대한 이해와 사랑, 삶의 윤택함을 위해 필요한 일정한 정서적 성숙도를 뜻하는 것입니다. 음악과 미술, 연극과 영화, 사진, 만화 등 다양한 예술의 분야에 특별한 정서적인 반응을 보일 수 있어야 합니다. 남들보다 감수성이 높다는 것은 무엇인가를 공감하는 능력은 물론 이성적인 분석과

연구 등의 활동에도 필수적입니다. 지적 감수성도 있다는 말이지요.

의사소통 능력 _ 글쓰기와 말하기와 같은 기본적 표현력을 강력하게 갖춰야 합니다. 이는 정보화사회에 단순히 정보 수용의 수단으로서가 아니라 정보 창출의 주체로서 나설 수 있어야 한다는 것입니다. 가벼운 친교의 언어에서부터 순도 높은 문학의 언어, 비중 있는 학문의 언어에 이르기까지 두루 아우를 수 있는 능력으로 구현되어야 합니다. 물리적 거리나 시간적 격차를 극복할 수 있는 외국어 구사 능력 또한 여기에 포함하고 싶습니다. 외국어를 많이 알수록 자신이 경험하는 지역과 시대, 인물 등이 넓어질 수밖에 없습니다.

매체 활용 능력 _ 각종 첨단 매체들을 자유롭게 활용할 수 있는 능력이 필수적입니다. 인터넷과 같은 뉴미디어를 원활하게 사용할 수 있어야 하며, 하드웨어와 플랫폼 등에 대한 기초적인 이해, 인터넷 검색 능력과 홈페이지나 블로그 같은 온라인 커뮤니티 운영, 페이스북이나 트위터 같은 소셜네트워크도 활용할 수 있는 능력을 뜻합니다. 정보의 가치를 충분히 이해하고 정보 윤리에 대한 바람직한 태도까지 포함합니다.

참여와 실천력 _ 새로운 시대 변화에 참여하고 이를 적극 실천하는 힘을 뜻합니다. 아무리 뛰어난 능력이 있어도 참여와 실천이 떨어

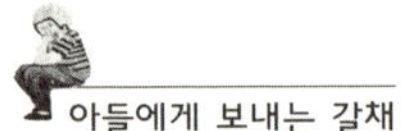

진다면 의미 있는 변화를 만들어 내기란 쉽지 않습니다. 설령 엄청난 영향력을 갖더라도 오래가기가 어렵습니다. 이를 위해 새로운 시대 변화에 맞춰 신문 독자 투고란에 의견을 보낸다거나 관공서나 시민단체 등에 편지를 보내는 등의 적극적인 사회 참여를 시도할 필요가 있습니다. 눈앞의 작은 범위에서부터 시작하되 점점 자신의 사고와 활동 범위를 지구촌 수준으로 올려놓는 데 참여와 실천력은 꼭 필요합니다.

기본적 의식 _ 인권이나 환경 등 인문적 소양의 기본을 이루는 의식을 일정 수준 이상 갖춰야 합니다. 이는 인간과 지구촌, 세계에 대한 기본적인 이해가 반드시 필요하기 때문입니다. 더불어 살아가는 공동체의 중요성을 이해하고 이를 지키고 가꾸어 나갈 최소한의 기본 의식을 뜻합니다.

책 읽기, 자신을 키우고 세상을 바꾸는 첫 시작

좋은 책을 읽는 것은 시대와 장소를 넘어서는 지혜롭고 정서적인 활동입니다. 그 어떤 위대한 인물도 책과 연관되지 않고 성장한 경우는 거의 없었습니다.

나는 교실에서 만나는 나의 서툴고 어린 도반들에게 좋은 책을 늘 한 권 이상 갖고 다니며 읽으라고 강조합니다. 학기 초부터 시작하여 학년이 끝나는 날까지 계속 좋은 책을 들고 다니며 읽으라고 강조합니다. 다른 어떤 가르침보다 중요하니까요. 이 글을 읽는 나의 도반들에게도 마찬가지입니다. 좋은 책을 늘 읽는 습관이야말로 이 세상의 모든 머리와 심장을 가질 수 있는 방법입니다.

요즘에는 아예 "미리 발표하는 내 유언이니, 제자들아, 꼭 좋은 책을 갖고 다니며 읽어라." 하고 강조합니다. 유언이라고까지 말해 그런지, 진심이 통하여 그런지 조금 더 귀담아듣는 눈치인 것 같더군요. 몇 명이 그냥 흘려듣더라도 끝까지 강조할 것입니다. 계속, 줄기차게, 끊임없이, 포기하지 않고 계속 말할 것입니다. 좋은 책을 들고 다니며 늘 읽으라고!

지금까지 강조해 온 독서는 대개 주어진 글을 얼마나 정확하게 소화했느냐를 묻는 정도의 독해였습니다. 하지만 또 한편으로 분명히 들어 왔듯이, 독서란 상상력과 추리력, 비판력 등을 두루 활용하여 새로운 성과를 끌어내고 향유하는 행위입니다. 간단히 말하면 입력(Input) 행위를 넘어서서 출력(Output) 행위까지 나아가야 하는 고도의 지적·정서적 활동이 바로 독서입니다.

단지 책을 읽는 수준의 독해에만 급급한다면 책 읽기의 진정한 의미를 놓치는 것입니다. 무엇인가를 읽는다면, 즉 독서는 늘 자신을 아름답게 만들고 세상을 따뜻하게 만드는 활동이어야 합니다. 글을 읽고 책장을 넘기며, 무엇을 알게 되는지 세심하게 따져 보고, 무엇을 느끼게 되는지 즐겁게 새겨 보기 바랍니다. 마음이 닿는다면 몇 자라도 끄적거려 보세요. 친구에게 자신의 느낌이나 생각을 말해도 좋습니다.

세월이 가면 자연스럽게 지식이 쌓이고 경험이 더해지며 여러분 모두가 아주 훌륭한 책을 쓸 수 있다고 생각하세요. 여러분은 우리 사회 곳곳에 진출하여 각자의 자리를 잡을 터, 자신의 분야에서 최선을 다하여 일하면서 그 성과를 책으로 담아내면 됩니다.

여러분 자신의 삶을 한 권의 책으로 생각해도 좋겠지요. 여러분이 나와 만나는 지금 이 순간 또한 이 세상에서 단 한 권밖에 없는 책, 오직 단 한 번밖에 만들지 못하는 책, 누구나 스스로 만들어 가는 삶이라는 책의 한 페이지가 되겠지요.

쓰기를 염두에 두면서 읽기를 하면 텍스트를 독해하는 데에도 훨씬 효과적입니다. 읽기와 쓰기는 들숨과 날숨처럼 서로 긴밀하게 연관되면서 이루어지는 아주 자연스럽고도 고도로 복잡한 정신 활동입니다. 필자와 저자는 독자들이 잘 읽을 수 있게 나름대로 최선의 쓰기 전략을 동원합니다. 당연히 독자들이 저자의 글을 창조적으로 소화하려면 최선의 읽기 전략을 활용해야 합니다. 결국 창작과 독서는 각각 '독자의 읽기를 도와주는 쓰기 전략의 구사', '저자의 쓰기를 이해하기 위한 읽기 전략의 구사'라고 말할 수 있겠지요. 만일 자신이 '읽기'가 약하다면 '쓰기'에 대해, '쓰기'가 모자라다면 '읽기'에 대해 공부하는 게 효과적이라는 말도 됩니다.

최근에 여기저기서 문제 해결 능력이 중요하다고 강조하는 것을 들으셨을 것입니다. 문제 해결 능력은 물론 중요합니다. 하지만 더 중요한 것은 문제를 깨달을 수 있는 의식, 즉 문제의식입니다. 이러한 문제의식을 바탕으로 세상을 헤쳐 나가야 합니다. 나아가 이러한 과정에서 무엇에 과연 주의를 집중하고 관

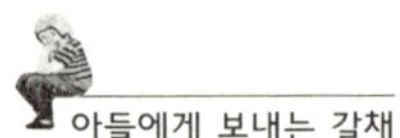

심을 투자해야 하는 것인지 깨달을 수 있는 주제 설정 능력을 반드시 길러야 합니다. 이러한 주제 설정 능력을 바탕으로 자연스럽게 형성되는 주제의식이 바로 글 속에 주제로 담기게 됩니다. 결국 문제 해결 능력 대신에 좀 더 적극적으로 주제 설정 능력을 갖추는 것이 중요합니다.

그러니 그저 글의 주제를 찾으려는 수동적이며 단순한 독서에 매달리기보다는 각자 문제의식을 바탕으로 주제 설정 능력을 키워 주제의식을 갖추는 자세가 필수적입니다. 이를 바탕으로 자기의 삶을 한 권의 책으로 생각하고 행동하면 각자 자기 삶의 주체가 될 수 있습니다. 읽기와 쓰기, 삶은 이렇게 서로 긴밀하게 연관되면서 개인의 성장을 돕고 인간의 문화와 역사를 창조해 왔습니다.

스스로 아름답게,
그리고 세상을 따뜻하게 만드는 창조적인 삶
나는 지난 1998년부터 '책으로 따뜻한 세상 만드는 교사들'

에서 활동해 왔습니다. 흔히 '책따세'로 줄여서 말하는데 독서 교육을 올곧고 즐겁게 실천하며 청소년을 위한 독서 문화를 조성하고자 오랫동안 현장에서 고민하며 활동해 온 교사들 모임입니다.

2007년부터는 누구나 참여할 수 있는 순수 비영리 독서 문화 시민단체(문화체육관광부 산하 사단법인)로 확대·전환하였습니다. '배운 것을 널리 함께 나누는 사람'이 바로 '교사'의 진정한 뜻이라는 생각을 알리고자 이름을 고치지는 않았습니다. 우리는 서로에게 모두 교사이며 또 그래야 한다는 의도인데 전통 사회에서 쓰던 말보다 좀 더 적극적인 뜻을 강조할 수 있어서 좋아합니다.

간략하게 말해서 책따세는, 학교는 물론 가정과 사회에 바람직한 청소년 독서 문화를 정착하고자 노력하며, 청소년들이 행복하게 책을 읽으며, 자신의 삶에 유익한 정보를 얻고, 남을 위하고 더불어 사는 삶이라는 공동체적인 가치관을 자연스럽게 익혀 나가게 하는 데 궁극적인 목표를 두고 있습니다. 청소년을 위한 푸른도서관 만들기에서 시작한 책따세의 활동은 청소년

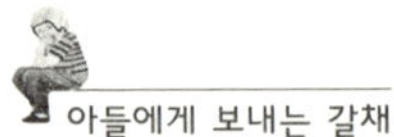

독서 캠프, 전국 독서 교육 교사 연수, 청소년 독서 자원봉사 학교, 저작권 기부 운동 등 여러 가지로 심화·발전해 오는 중입니다.

이 가운데 가장 오래되고 널리 알려진 성과는 지난 2000년부터 발표해 오는 '청소년을 위한 책따세 추천 도서 목록' 입니다. 그저 책 목록만 있는 기존의 형식적이고 획일적이며 일방적인 추천 도서 목록과 달리 선생님과 학생이 직접 책을 읽고 추천 도서 목록을 만들어 왔기에 많은 호응을 받아 왔습니다.

무려 2만 회를 넘어 전송 받은 목록도 있는네 책따세 홈페이지(www.readread.or.kr)에 들어오면 모두 무료로 얻을 수 있습니다.

그동안 어떠한 외부 간섭 없이 오로지 전문성과 도덕성, 비영리성을 우선하여 학생 중심의 추천 도서 목록을 꾸준히 만들어 왔으며, 이를 누구나 무료로 이용할 수 있도록 '상업적이지 않으며 출처를 밝히면 누구나 무료로 마음대로 변형해서 사용해도 좋다' 는 나눔의 정신을 펼치며 바람직한 청소년 독서 문화를 만들고자 노력해 왔습니다.

2011년 여름부터는 책따세 추천 도서 목록을 더욱 획기적으로 발전시키려고 애쓰고 있습니다. 책따세 선생님들이 직접 추천글을 써서 기부해 온 방식을 더욱 발전시켜 우리 사회의 전문가들이 음악과 미술, 사진, 만화, 디자인, 서예 등 각자 자신의 저작권을 기부하는 '저작권 기부 추천 도서 목록' 을 만들려는 것입니다.

이를테면 음악 분야만 기부 받아도 책따세 추천 도서 목록에는 영화처럼 매회 추천 도서 목록의 특징을 담은 주제 음악이 담길 테고, 개별적으로 추천된 도서와 연관되는 느낌의 창작곡, 책 읽은 소감과 연관되는 연주 등 다양한 음악 기부가 곁들여질 것입니다. 이러한 창조적 시도는 책 읽기가 얼마나 흥미롭고 활력적인 창조 행위인지 우리 모두에게 깊은 영감을 줄 것입니다.

책따세의 이러한 의도에 공감하는 전문가들은, 책따세 추천 도서 목록에 들어갈 창작곡, 연주곡 등 저작권 기부 음악, 이미지와 캐릭터, 삽화, 독서 관련 문안과 글씨 등 저작권 기부 차원에서 소통과 공유라는 감동의 독서 문화를 펼칠 수 있도록 다양한 형태로 동참할 것입니다.

벌써 산업 서예 전문가가 얼마든지 변형해서 사용해도 좋다며 관련 문안을 담은 글씨들을 기부해 왔으며* 국악 작곡가가 여러 곡의 국악 음원을, 전문 사진가가 독서 관련 사진들을, 동네 사회적 기업에서 만화와 캐릭터 등을 기증해 왔습니다. 얼마나 멋지고 근사한 일입니까. 이제 창조적으로 독서를 하는 데 활용할 수 있는 훌륭한 독서 관련 자료들을 자유롭게 나눠 쓸 수 있습니다.

나의 서툴고 어린 도반인 여러분도 물론 동참할 수 있습니다. 스스로 마음 내키고 재능이 있는 분야를 찾아 앞서와 같이 음악이나 미술, 만화, 서예, 디자인 등 자기 성과를 저작권 기부 형

---

*진산 이상현 선생의 글씨입니다. 제 자랑스러운 제자이기도 합니다.

식으로 보내 주시기 바랍니다. 이제 여러분은 저작권법을 어기는 잠재적 범죄자로 취급 받는 대신에 자신의 마음과 재능을 나눠 주는 저작권 기부를 통하여 바람직한 저작권자가 될 수 있습니다.

이렇게 해서 만드는 저작권 기부 운동 형태의 책따세 추천 도서 목록은 학교나 가정에서 독서 신문이나 관련 자료 등을 만들 때 안성맞춤으로 활용할 수 있습니다. 저작권 기부 이미지와 캐릭터, 삽화 등을 활용하고 기부의 뜻과 운동의 취지 등을 설명해 준다면 책 읽기는 답답하고 지루하다는 고정관념을 가볍게 깨 줄 것이며 동시에 책 읽기의 진정한 의미를 인상 깊게 깨우칠 것입니다.

이러한 저작권 기부 운동 형태의 추천 도서 목록 제작은 세계 최초의 시도입니다. 진정한 책 읽기란 책을 통하여 서로 소통하고 공유하는 행위입니다. 책 읽기가 그저 주어진 텍스트를 효율적으로 분석하여 시험 문제를 푸는 데 활용하는 문제 풀이나 일정한 의미를 찾아내는 데 만족하는 독해 수준에 머물러서는 곤란합니다.

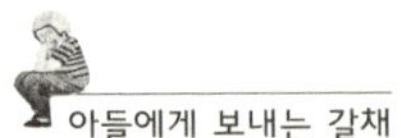

지식의 더함과 사랑의 나눔이라는 본질적인 책 읽기의 의미를 더욱 아름답게 발전시켜 나가는 데 나의 서툴고 어린 도반들이 적극적으로 동참해 주었으면 합니다. 재미있고 의미있게 책을 읽으면서 자신의 재능을 개발하고 성과를 도출하여 저작권 기부를 하는 방식의 책 읽기 문화, 이것이야말로 바로 바람직한 독서 문화를 창조하는 데 꼭 필요한 활동이라 생각합니다.

여기에 독서 자원봉사 학교와 저작권 기부 운동 등 책따세의 여러 활동에 지금은 비록 서툴고 어려노 책 읽기의 진정한 의미와 보람을 한껏 즐기는 여러분의 모습을 기대합니다. 또한 굳이 책따세가 아니더라도 스스로 즐겁고 보람 있게 살면서 남을 도울 수 있는 노력, 세상을 따뜻하게 만드는 여러 활동에 적극 동참해 주기를 간곡하게 바랍니다.

나의 서툴고 어린 도반들이여, 남을 도울 수 있는 자신은 얼마나 소중한지, 세상을 따뜻하게 만드는 일이 얼마나 신명 나는 일인지 함께 확인하는 날을 나는 기다리고 또 기다리겠습니다. 언젠가 반드시 다가오리라 확신하면서 힘든 순간을 잘 참다 보면 삶의 어느 구비에서든 어떤 형식으로든 반드시 만날 수 있을 것입니다. 하루빨리 만나기를 바라고 또 바라겠습니다. 사랑합니다.